JN092370
セレブ結婚は
シナリオ通りに
進まない

セレブ結婚はシナリオ通りに進まない

藤崎 都

ILLUSTRATION：円之屋穂積

セレブ結婚はシナリオ通りに進まない

LYNX ROMANCE

CONTENTS

セレブ結婚は
シナリオ通りに進まない

1

『あと五分で着く。準備はいいか？』

「こちらは問題ありません」

椎名大智は周囲に視線を巡らせたあと、無線での連絡に応答する。姿勢を正し、〝対象〟の到着に備えた。

黒子に徹するための黒いスーツの下には万全を期して防刃ベストを着用しており、暴漢に引っ張られる危険性を排除するため、ネクタイは締めない決まりとなっている。

警備会社に勤めている大智の今日の役割は、専任ボディガードとして、登壇する俳優の安全を確保すること。現場は、新作映画プロモーションのためのプレミアイベントだ。

貸し切られた通りに敷かれたレッドカーペットの上を監督や俳優陣が練り歩きながらファンサービスをするというもので、柵が配置されたカーペットの両サイドには、大勢の観客が所狭しと押し込まれている。

（まるで満員電車だな……）

通勤中の車内と違うのは、そこにいる人々が皆期待に胸を膨らませ、目を輝かせていることだろう。

この場にいる観客は相当数の応募の中から抽選で勝ち抜き、招待状を手中に収めた熱心な映画ファンたちだ。

先程から子役や脇役たち、監督などがカーペット上を歩き、ファンとの写真撮影やサインに応じたりする様子に会場は熱気に包まれている。主役である佐宗司の到着はこれからだった。

佐宗司——彼のことは、芸能人にはとんと興味のない大智でも名前を知っている、いまをときめく国民的俳優だ。

家にテレビもなく、スマートフォンは最低限の連絡にしか使っていない大智でも、彼の顔は街のあちこちで目にする。

高校で入った演劇部で芝居の魅力に目覚め、医学部に合格するもそれを蹴り、憧れていた劇団に飛び込んだのだという。そこからスターダムへの道を駆け上ってきた。

芸術品のように整った容姿はもちろんのこと、作品ごとに別人格を憑依させているのではと思うほどの演技力も評価が高く、英語も堪能なためハリウッド映画にも出演経験がある。

これらの情報は今日の仕事のために渡された資料から得た。どの作品も見たことはないが、イベントの雰囲気からも彼の人気は窺える。

緊張の面持ちで待機していた大智の前に、静かに白いリムジンが停まった。

「お待たせしました！　佐宗司さんの到着です！」

無線連絡を受けた司会者がステージから興奮混じりに主役の到着を告げると、会場はこれまで以上に沸いた。

大智がリムジンの後部ドアを開けると、まず長い足が現れる。その後、ドアにすらりとした指がかかり、佐宗はレッドカーペットに降り立った。

「――――」

現れた瞬間、その場の空気が一変した。爪の先ほどの興味もなかった大智でも、彼の存在感には否応なく目が釘付(くぎづ)けになる。

職業上、たくさんのセレブに出逢(であ)ってきたけれど、これほどのオーラを持つ人物は一人もいなかった。

身長百七十センチ弱の大智が見上げているということは、百八十センチ以上あるのだろう。

タキシードに身を包んだ長身は信じられないくらい腰が高く、足も長い。鍛えられた肉体は服の上からでも見て取れた。

今回の役作りのために明るく染められたサラサラの髪に、陶器のように白く滑らかな肌。人形のように顔が小さく、長い睫毛(まつげ)に縁取られた大きな目とすっと通った鼻筋が完璧(かんぺき)な位置にあり、少し厚めの唇は蠱惑的(こわくてき)だった。

現実のものとは思えないほど整った甘い顔立ちは、写真で目にしたときよりも衝撃的な美しさで、思わず見入ってしまう。

「ありがとう」

「……っ」

礼を告げられると共に、ふわっと大輪の花が綻ぶような笑顔が向けられる。目が合ったその一瞬で、心臓が鷲掴みにされた。鼓動が速度を増し、体温が上がる。

時間が止まり、世界が彼と自分の二人きりのような感覚。まるで魔法にかけられたかのように体が動かなくなった。

「君、カッコいいね」

「え？」

話しかけられ、我に返る。だが、脈絡のない言葉に理解が追いつかない。いま褒められたような気がするが、何かの聞き間違いだろうか。

会社から提供されている揃いの黒いスーツを身に着けていると三割増しに見えるとは云われるけれど、この日本で一番人気のある男と並べば大智など平凡の一言に尽きる。

「きゃああああああ」

「司さまー！」

見蕩れていた大智を我に返らせたのは、津波のように押し寄せてきた黄色い悲鳴だ。佐宗が軽く手を振るだけで、怒濤のような歓声が沸く。

（すごいな……）

こういう場には慣れているつもりだが、ここまでの空気は初めてだった。熱狂という言葉では足りないくらいの昂揚ぶりだ。

ともすれば浮き足立ちそうになる気持ちを抑え、空咳をして動揺をごまかしたあと、大智は居住まいを正して佐宗に向き合った。

「――これから私があなたを警護します。危ないときは私の指示に従ってください」

「わかりました。今日はよろしく」

滑舌よく、涼やかで澄んだ低音。トップスターは声音まで美しいのかと頭の隅で感心する。

「じゃあ、行こうか」

「気をつけてくださいね」

「大丈夫だよ」

鷹揚に構えている佐宗に不安を覚えながら、斜め後ろに待機する。できることなら、興奮したファンの手の届くところには行かないでもらいたい。

だが、今日のイベントの目玉はファンとの交流だ。そして、大智はそれらが安全に行われるよう雇われている。

「司さま、こっちお願いします！」

「握手してください！」

観客たちは色紙や映画のパンフレットを差し出しながら、口々にサインや握手をねだってくる。佐宗は嫌な顔一つせず、一人一人に対応していった。

「サインはここに書けばいい？」

「はい！　ありがとうございます……！」

「あのっ、写真いいですか!?」

「いいよ、一緒に撮ろうか」

至近距離で佐宗の笑顔を目にしたファンは皆夢見心地の表情だ。丁寧なファンサービスが行われるたびに、周囲の熱気が高まっていく。

前列にいるファンは間近で佐宗の一挙一動が見られるが、後列はそうはいかない。すぐ傍にいるのに見えない。一瞬だけでもその姿を目に焼きつけたい。そんなふうに気が逸る彼女たちのフラストレーションはエネルギーに変わる。

「痛っ、ちょっと押さないで！」

「そっちこそ帽子脱ぎなさいよ」

後列からの圧迫が強くなってきたようだ。剣呑(けんのん)な雰囲気に、嫌な予感がする。

必死に突き出されるスマホや色紙から佐宗を庇(かば)いながら警戒していると、彼女たちを囲んでいる柵がギシギシと異音を立て始めた。

(嘘(うそ)だろ)

柵の接続部分のネジが緩みかけていることに気づき、大智は血の気が引いた。

会場の設営時に点検はしたけれど、ネジの締まり具合までは確認していなかったことを後悔したがもう遅い。

「椎名です。A地点に応援お願いします。佐宗さん、少し下がってもらえますか？」

無線で応援を呼び、佐宗を安全な位置まで下げることにした。彼がファンから離れれば後ろからの圧力も軽減するだろうし、万が一柵が壊れたとしても巻き込まれずにすむ。

「ちょっと待って。この子にサインをしてからでいいかな？」

「いえ、いますぐお願いします」

一人への対応が終われば、また他のファンがアピールしてくる。佐宗はまだまだファンサービスを続けたいようだが、これ以上人の圧がかかったら柵が持つかわからない。

「すみません、佐宗さん。いますぐ下がってください」

「私まだサイン書いてもらってないんですけど！」

大智が今度こそ佐宗を下がらせようとした途端、殺気混じりのクレームが飛んできた。不満かもしれないが、彼の安全が最優先事項だ。

「私だってずっと待ってたのに」

「大丈夫、みんな順番にね」

佐宗が間に入る。目の前のファンを放っておけない気持ちは理解できるが、いまはそんな場合ではない。問答無用で引き離すしかなさそうだ。

そう判断した途端、バキッという恐ろしい音がした。

「危ない……！」

「!?」

咄嗟に佐宗を突き飛ばす。次の瞬間、大智に向かって観客が雪崩となってどっと押し寄せてきた。恐怖の混じった悲鳴があちこちから上がる。

大智は慌てて折れた柵を支えようとしたけれど、集団の重さには耐え切れなかった。

「ぐは……っ!?」

誰かの肘が、大智の鳩尾に勢いよくめり込んできた。職務上鍛えているとはいえ、数十人の重さに耐えられるはずがない。大智はそのまま意識を失った。

2

「……腹減ったな」

ぐううという自分の腹の音で目を覚ます。最後に食事をしたのはいつだったかと記憶を辿っていたところ、すぐ近くから誰かの声が聞こえた。

「椎名さん、おはようございます。ご気分はどうですか？」

「え？」

自分一人だとばかり思っていた大智は、見知らぬ女性の声に驚いた。不可解に思いながら視線を巡らせ、見たこともない室内にさらに戸惑う。

真っ白な壁には前衛的な現代アートが掛かり、モノトーンの応接セットが置かれているところを見ると高級ホテルの一室のようだが、大智の腕には点滴の針が刺さっている。

そして、ベッドの脇に立つ女性は紺色の看護師の制服に身を包んでいた。

「――病院？」

「事故に巻き込まれて運ばれてきたんですよ。私は椎名さんを担当させていただく伊藤です。何か困ったことや気になることがあったら、何でも仰ってくださいね。あ、お食事はこれから用意してもらいますね」

事故と云われて、自分の身に起きたことを思い出した。映画のプレミアイベントで、柵が壊れて雪崩れてきた観客たちの下敷きになったのだ。

「いま何時ですか？」

見える位置に時計がない。締まっているカーテンの隙間から漏れる光が気になった。会場から運ばれて処置をされたのなら、そろそろ日が暮れていてもおかしくはない。

「朝の八時ですけど」

「八時!? ——痛っ」

反射的に起き上がろうとして、脇腹と足に激痛が走った。大智は痛みに呻きながら、ベッドに沈み込む。

「大丈夫ですか、椎名さん。無理に起き上がらないでください。骨折してるんですから」

頭だけを起こして自分の足を確認すると、右足に白いギプスが嵌められていた。意識がない間に処置をすませてくれたのだろう。

「あの、昨日のイベントがどうなったか知ってますか？　俺以外に怪我人は？」

人に押し潰されてからの記憶はない。プレミアイベントは午後三時からの催しだった。佐宗の登場が四時前だったことを考えると半日以上眠っていたことになる。

（骨の位置を直すときに鎮静剤を打たれたのかもな）

自分がこれだけの怪我をしたということは、観客にも登壇者の中にも被害者が出た可能性がある。

そのことに気づき、大智は青ざめた。

「病院に運ばれたのは椎名さんだけみたいです。他のお客さんたちで怪我した人も、軽症ですんで家に帰ったって夕方のニュースで見ましたよ」

柵が壊れたのは運営側の点検ミスだ。大智自身は酷い目に遭ったけれど、観客に大きな怪我がなかったのは不幸中の幸いとしか云いようがない。記事が正しければ、佐宗も無事だったということだ。

「そうですか。よかった……佐宗さんのことは書いてありましたか？」

「記事には司さまが怪我をしないですんだのは警護の方のお陰だって書いてありました。それって椎名さんのことですよね？　本当にありがとうございます！」

「はい？」

警護対象である佐宗の無事を知り胸を撫で下ろしつつも、いきなり感謝の言葉を告げられた意味がわからず目を瞬く。

「私、司さまの大ファンなんです。椎名さんは司さまの警護担当だったんですよね？　直接会ってどうでしたか？」

「え？　ああ、佐宗さんのファンなんですね。すごくカッコよかったですよ」

興奮気味の伊藤の言葉に苦笑する。さっきからどこかそわそわした気配があったのは、佐宗の話をしたかったからだろう。改めて彼の人気の程を思い知る。

（でも、確かにすごいオーラだったよな……）

ただそこにいるだけで、意識の全てを奪われた。あんな感覚は生まれて初めてだった。彼のためなら、何もかも捧げてもいいと思わせるような魅力があるのだ。

「私も一目でいいから本物に会ってみたいなぁ……。プレミアもいっぱい応募したけど全然当たらなくて配信で見てたんです。あんなふうに司さまに助けられるなんて本当に羨(うらや)ましいです！」

「助けられる……？」

人の雪崩から佐宗を庇ったのは大智のはずだが――。

「いえ、何でもありません！　すみません、はしゃいじゃって。いまはゆっくり体を休めてくださいね」

彼女の態度が少し気になったけれど、それよりも心配なことが大智にはある。

「そうだ、この怪我どのくらいで治りますか？」

一刻も早く退院して、仕事に戻りたい。経過の質問をすると、伊藤はプロの顔に戻った。

「後程、先生から詳しい説明がありますが、椎名さんは右の脛骨(けいこつ)と肋骨(ろっこつ)が折れています。基本的には固定して、リハビリをしながら骨がくっつくのを待つことになりますね。ギプスは一ヶ月ほどで外せると思います」

「一ヶ月もつけたままですか」

「綺麗に折れてたみたいですし、まだ若いですから二、三ヶ月もすれば日常生活に戻れるようになりますよ。リハビリ次第なので無理せず頑張っていきましょう」

笑顔で励まされるが、大智は絶望的な気分になった。

本業のほうは正社員であるため、有給も使えるし労災もおりるだろう。しかし、問題は休日にやっている副業のほうだ。

（二、三ヶ月……）

大智の勤める警備会社は許可を取ればダブルワークが可能なため、そのシステムを利用して空いた時間にはアルバイトを詰め込んでいる。

この週末も日雇いの仕事を入れていた。事務仕事はできたとしても、恐らく肉体労働は無理だろう。しかし、これまでデスクワークはほとんどしたことがない。現場に付随する報告書が関の山だ。

「すみません、退院はいつできますか？」

「明後日には退院許可が下りると思います。焦る気持ちもわかりますが、無理は禁物ですよ。休暇だと思って、しっかり体を休めてくださいね」

のんびりできたらいいが、いまは無駄な金も時間も使う余裕はなかった。

肉体労働ができないなら、違う仕事を探さねばならない。だが、短期のデスクワークなどあまりないし、そもそも自分に頭脳労働は向いていない。

（そういえば、この部屋の支払いってどうなってるんだろう？）

いまの大智には身寄りがないため、入院の手続きなどは後見人になってくれている上司がしてくれたはずだ。

だが、労災がおりたとしても、彼がこんな豪華な病室を手配するとは考えられない。タイミング悪く、この部屋しか空いていなかったのだろうか。

病院都合ならば差額は払わなくていいという話を耳にしたことがあるが、支払いに些か不安が残る。

「それでは、またあとで様子を見に来ますね。困ったことがあったら、ナースコールで知らせてください」

伊藤はナースカートを押しながら、部屋を出ていった。

一人になった途端、スマホが震えて着信を知らせる。まるでこちらを見張っているかのようなタイミングで届いたメールに、大智は思わず顔を顰めた。

（急かされなくたってわかってる）

向こうにこちらの事情を伝えたところで、配慮してもらえるわけでもない。返信はせず、黙って画面を閉じた。

いまはため息をつくしかない。急場を凌ぐ手立てを考えていると、部屋のドアをノックする音が聞こえてきた。

「はい？」

「おはよう。怪我の調子はどうだ、椎名」

看護師の伊藤が戻ってきたのだろうと思って返事をしたが、顔を覗かせたのは会社の上司である課長の武田だった。彼は高卒で入社した大智に目をかけてくれ、父親亡きあと後見人にもなってくれた恩人とも云える人だ。

「武田さん！　わざわざ来てもらってすみません」

「出社前に様子を見ておきたくてな。顔色はいいようで安心したよ」

「普通、面会時間って昼からじゃないんですか？」

「この病室は一般病棟とは違うルートで上がって来られるから、深夜以外はいつでも面会可能なんだと。しかし、すごい部屋だな」

武田も物珍しそうに病室内を見回している。

病院の面会時間は昼から夕方くらいまでが一般的だ。この部屋はやはり政治家やセレブなどＶＩＰ専用の病室なのだろう。

「本当ですよ。大部屋でよかったのに、何でこんなに豪華な部屋なんですか」

「落ち着かない気持ちはわかるが、我慢してくれ。鏑木（かぶらぎ）プロモーションさんの意向なんだよ。今回の件は佐宗さんが責任を感じてくれているようなんだ。治療費も入院費も向こうが全部持ってくれると云ってるんだから」

鏑木プロモーションというのは、佐宗の所属する事務所の名前だ。自分には支払い義務がないことにほっとしつつも、過分な待遇に引け目を感じてしまう。

「気持ちはありがたいですが、対象者を守るのが俺たちの仕事ですから」

職務での負傷に顧客が罪悪感など覚える必要はない。怪我をしたのは、偏（ひとえ）に自分の甘さが招いたことだ。

「まあ、そう云うな。椎名の咄嗟の判断を褒めていたよ。若いのに冷静で見事だったと云われて、俺も鼻が高かった」

「武田さんが話をしたんですか？」

「マネージャーさんがわざわざ会社にお見えになったんだ。こちらで労災もおりると云ったんだが、どうしても何かさせて欲しいと云われて断れるか？」

「それは……」

　クレームを撥ねつけるよりも、厚意を断るほうが難しい。

「諦めてこの部屋で寝てるんだな。それにこの機会にゆっくり体を休めたほうがいい。最近はアルバイトも相当詰め込んでただろう。頑張るのはいいが、無理はよくないぞ」

「――――」

　気遣わしげな武田の言葉が沁みる。焦っても仕方がないとわかってはいるが、自分の気持ちと現実に折り合いがつかないのだ。

「休めと云っても、お前のことだから落ち着かないよな。退院後は内勤に席を用意しておいたから、しばらくはそこで我慢してくれ。一先ずは体を治すことに専念するように」

「……ありがとうございます」

　武田の優しい言葉に、大智はベッドの上で深く頭を下げた。

3

電動ベッドの力を借りて体を起こし、足をそっと床に下ろしてみる。

担当医師の説明によれば、リハビリは明日から行うとのことだった。ベッドに寝ている時間が長ければ長いほど筋肉は落ちていく。

(じっとしてるのは苦手なんだよな)

怪我をしていない部分を動かすことで血行がよくなり、むくみの改善に繋がるとも云っていたし、少しくらいなら歩いてみてもいいのではないだろうか。

大智は松葉杖に両脇を乗せ、無事だったほうの足で踏み出してみる。今度は松葉杖を前に出し、その繰り返しで進んでいく。

この感じなら、もう少し回復すれば出社に関してはさほど問題なさそうだ。動きに慣れるために室内を往復していたら、ドアの前に辿り着くのとほぼ同時にノックの音がした。

「はい、どうぞ」

看護師か介護士が様子を見に来たのだろうと思って答えた大智は、ドアがスライドした途端目の前に現れた色鮮やかな花々に圧倒された。

「うわっ」

反射的に仰け反るような体勢になり、バランスを崩す。松葉杖を持つ手に力を入れるが、すでに傾いだ状態では支えにならなかった。

「危ない！」

体が床にたたきつけられるのを覚悟し身構えたけれど、そうなる前に誰かの手が大智の腰を支えてくれた。

「怪我してるんだから、安静にしてないとダメじゃないか」

「すみませ――」

花の向こうから現れた顔に、大智は思わず息を呑んだ。花も霞むほどの美しさに思考が停止する。そこにいたのは佐宗司その人だった。

「転ばなくてよかった」

「……っ」

至近距離で微笑まれ、脈が大きく跳ねる。生の美形は心臓に悪いと改めて思い知る。周りに聞こえてしまいそうなくらい、大智の鼓動が早鐘を打っていた。

（どうして佐宗司がこんなところに？）

何度も瞬きをして、自分の視界にいる人物を確認する。大スターたる人物がわざわざ怪我をしたボディガードの見舞いに来るものだろうか。

「どうしたの？　もしかして痛くて動けないとか？」

「司、椎名さんは驚かれてるんだ。距離が近すぎる」

彼の指摘でほぼ抱き寄せられているような体勢だったことに、いまさらながらに気づいて動揺する。

「そうか、ごめんね」

佐宗は大智から手を離したけれど、心配そうな面持ちのままだ。

「い、いえ……」

彼に対して必要以上に動揺してしまうのは、スターの放つオーラのせいだろうか。そわそわした気分がどうしても拭えない。

「お騒がせしてすみません。アポなしでは不躾かと思いましたが、昨日のお礼とお見舞いに伺いました。わたくし、佐宗のマネージャーをしております鏑木プロモーションの有馬と申します。この度は佐宗をお守りいただいてありがとうございました」

「はあ……」

詫びと共に差し出された名刺を空いている手で受け取る。『株式会社　鏑木プロモーション』という社名の下に有馬真聖という名が記されていた。

眼鏡をかけた理知的な風貌で、彼もまた整った容姿をしている。グレーのスーツにネクタイという典型的なサラリーマンの出で立ちなのに会社員に見えないのはスタイルがいいからだろう。

身長は佐宗より低いものの、顔が小さいためすらりとして見える。もしかしたら、彼も以前はタレント活動をしていたのかもしれない。

「立ちっぱなしは体に障りますから、ベッドに戻られたほうがよろしいかと」

「あ、そうですね」

病室の入り口で大の大人が三人立ち尽くしているのは、妙な光景だろう。大智は松葉杖と壁を支えに方向転換する。

「手を貸そうか？」

「いえ、大丈夫です。先生にもできるだけ動くように云われていますから」

とは云え、担当医も大智が今日から動き回っているとは思っていないだろう。

「よかったら、そこ座ってください」

大智たちは応接セットへと移動した。肋骨の折れた脇腹は少し痛むけれど、背もたれに寄りかかっていれば問題ない。

自分の部屋ではない場所でソファを薦めるのも変な感じがしたけれど、彼らを立たせたままでいるわけにもいかなかった。

「ありがとう。そうだ、これどこに置いたらいいかな？　生花は見舞いの品に禁止されてると聞いたからプリザーブドフラワーにしてみたんだ」

「じゃあ、そのへんにお願いします。本当にわざわざすみません」

黄色やオレンジ色の花がまるでフルーツパフェのように盛られている。個人的に花にはそこまで興味はないが、その華やかさには目を奪われた。

生まれてこの方、花などもらったことがない。自分のために用意されたのかと思うと、不思議な気持ちになった。

「この度は申し訳なかった。僕がきちんと指示を聞いていれば、君にそんな怪我を負わせずにすんだはずだ」

佐宗はソファには腰を下ろさず、大智に向かって丁寧に腰を折った。

「頭を上げてください。謝ってもらうようなことではありません。あれが私の仕事ですから。むしろ、佐宗さんに怪我がなくてよかったです」

確かに佐宗はファンサービスに夢中になるあまり、大智の指示をなかなか聞き入れなかった。そのことを反省しているのだろう。

しかし、大智ではなく佐宗が怪我をしていたとしたら大事になっていた。あのとき、彼を突き飛ばした判断は正しかったと自負している。

「君は誠実な人だな。本当にありがとう」

「……っ」

ストレートに褒められ、頬が熱くなるのがわかった。

「とにかく座ってください」

「そうですね。このままでは落ち着きませんし」

有馬は佐宗を奥に座らせると、自らも軽く頭を下げてから腰を下ろす。そして、大智に対して居住まいを正した。

「治療費の支払いはこちらで持たせていただきますので、ゆっくり療養なさってください。必要なものがありましたら、おっしゃっていただければ揃えますので」

「ありがとうございます。お申し出には感謝していますが、できるだけ早く退院したいので大丈夫です」

礼を述べつつ、丁重に辞退した。こんなところで油を売っている暇はない。肉体労働が無理なら、座ったままでもできる仕事を探さなければならない。

「こちらでは落ち着きませんか？　でしたら、別のお部屋を――」

「いえ、本当にお気持ちだけで十分です。私もそうそう休んでもいられないというだけですから」

「休業補償もさせていただきますので、ご心配いりませんよ」

「……実は俺、副業もやっていまして。長くは休んでいられないんです」

ある程度、こちらの情報を開示しなければ納得してもらえなそうだ。

「でしたら、そのぶんも請求していただければ」

「いや、そこまで甘えるわけには。これは個人の都合でやっているのでお気遣いなく」

そもそも業務上の怪我についてだって、顧客が責任を取る必要はない。本業に関しては会社との話し合いもあるだろうから大智が口を挟む気はないが、それ以外に関しては別の話だ。

ただ、大智が勝手に退院してしまうと先方の面子（メンツ）を潰すことにもなりかねない。彼らの申し出を角を立てずに断るにはどうしたらいいだろう。

「──そんなに働きたいのは、借金のため？」

「は？」

思案していた大智は、佐宗の単刀直入な言葉にぎょっとする。

「亡くなったお父さまから引き継いだ負債だということはわかっています。相続放棄ができなかったということは、グレーな団体から借りたものがかなりあるようですね」

「──誰に訊いたんですか？」

「ごめんね。武田さんに君のことを聞いて、少し事情を調べさせてもらったんだ」

「もしかして、俺が怪我を理由に強請るような真似をするとでも思われましたか？　確かに俺に返済中の借金があるのは事実ですが……」

さっきスマホに届いたのは、借金返済の督促メールだ。週明けの返済日に間に合うのかという確認だった。

有馬の云うように、借金と云っても大智が使い込んだものではなく、亡き父が残していったものだ。相続放棄で大方は片づけたが、非合法な会社から借りたものがあったことにしばらく気づかず、ろくな知識がないうちに引き継がされてしまったのだ。

弁護士にも相談してみたけれど、向こうが一枚も二枚も上手で法律すれすれのところで契約が結ばれていたらしく、諦めて返済をするしかない状況だった。

悲嘆に暮れていてもどうにもならないとわかっている。一日でも早く完済するために、節約に節約を重ね、働けるだけ働いているというわけだ。

疑われたとしたら悲しいが、それなら彼らの丁重な申し出も理解できる。大金を要求される前に先手を打っておくことにしたのかもしれない。

「そうじゃないんだ！　君のことを疑ったりはしていない。全てこちらの都合というか……」

「我々はあなたに依頼したいことがあって、あなたのことを調べ、こうして伺わせてもらったんです」

慌てた様子で佐宗と有馬が説明をつけ加えてきた。

「依頼？　ボディガードか何かですか？　そういうことなら、会社を通してくれても配置する人員は検討できますよ」

「いや、それが……もっと個人的なことなんだ」

佐宗は背筋を伸ばすと、緊張混じりの表情で軽く咳払いをした。そして、澄んだ瞳をまっすぐに向け大智の目を見つめてくる。

「椎名くん、僕と結婚してくれないか」

「はい――え？」

いま、さらりと告げられた言葉の中に、『結婚』という単語がなかっただろうか。まじまじと見つめた佐宗の顔は至極真面目で、冗談を云っているようには微塵も見えない。

「君に、僕のパートナーになって欲しいんだ」

「は？　パートナーって……えええええ――!?」

脳裏(のうり)に大きなクエスチョンマークが浮かぶ。

一体、これはどういう展開なのか。驚きの大きさにさっきまでの不信感や警戒心はまるごと吹き飛んだ。

自分は男で、佐宗も男だ。いまの日本では同性の婚姻は認められていない。そもそも、昨日が初対面でお互いのことなどまるで知らないというのに――。

「結婚といっても、偽装結婚の相手になってもらいたいってことなんだ」

「え？　偽装……？」

思考がまるで追いつかず、有馬のほうに縋(すが)るような目を向けてしまう。

「急に云われても困りますよね。司、先に事情を説明したほうがいいんじゃないか？」

「それもそうだな。少し長くなるけど、僕の話を聞いてもらえる？」

国民的俳優である佐宗が、ただのボディガードの一人である大智に『偽装結婚』などと云い出したのには、一体どんな理由があるというのだろう。

「――わかりました」

話を聞く時間だけはたくさんある。依頼を断るのは、そのあとでも遅くはないはずだ。好奇心には抗えず、大智は頷(うなず)いてしまった。

「どこから話せばいいかな？　椎名くんは僕のことをどのくらい知ってる？」

「仕事の資料には目を通しましたが……」

イベント警備の際、対象者の情報は頭に入れておくことになっている。

「僕の実家は代々政治家と医者を輩出してきた所謂名家でね。祖父は民和党の大物と云われた代議士の佐宗一郎。いまは伯父の康一が地盤を引き継いでいる。僕の父は宗愛会グループという医療法人の理事なんだ」

「すごいですね」

親族に政治家がいるという話は資料にもあったが、実家が病院経営をしているというのは初耳だ。スター性だけでなく家柄までいいとは、ときに天は二物も三物も与えるものらしい。

きっと彼のような生まれの人間は、生活に困ったことなどないだろう。佐宗の持つ大らかで寛容な雰囲気は育ちによるものなのかもしれない。

「すごいというより、面倒くさいって云ったほうがいい。建前とか柵とかに縛られてる旧態依然の老人の集まりだよ」

物腰も柔らかく常に穏やかな佐宗の言葉に、初めて冷ややかなものが混じった。

「僕は佐宗家のはみ出し者なんだ。彼らからしたら役者なんて遊びみたいなものだから、顔を合わせるたびに『いつまでふらふらしてるんだ。そろそろ真面目に生きたらどうだ』って云われてる」

「佐宗さんくらい活躍してもダメなんですか？」

佐宗の自嘲気味の発言に驚かされる。国民的俳優である彼の人気は日本だけに止まらない。海外ドラマのレギュラーを務め、ハリウッドの大作にだって出演したほどだ。

それなのに、家族には根無し草のように云われているとは。

「仕事があってもなくても関係ないんだよ、彼らには。僕ももうそろそろ三十五になるからね。いい加減、俳優を辞めて、身を固めて跡継ぎを作るよう画策されてる。医者にならなかった代わりに本家に婿入りをして、伯父の地盤を継ぐ準備をさせるつもりらしい」

「いまどきそんな……」

まるで時代劇のような話だ。こんな脂の乗っている時期に俳優を辞めるよう迫られているのも問題だが、当然のように子供を作ることを要求されるのも佐宗の人格を無視している。

「前時代的だよね。でも、あの人たちにしてみたら、僕に最良の選択肢を与えているつもりなんだ。政治家の道は、いまの知名度も活かせて一石二鳥なんだって。僕を医者にして、自分の決めた相手と結婚させて子供を作らせ、その子供も医者にするというのが父の思い描いていた未来だったから、その第一希望が叶わなかったいま、妥協案ってわけ」

「偽装ではなく、本当に好きな人と結婚するわけにはいかないんですか？」

一先ず身を固めておいて、のらりくらりと要求をかわして過ごすという手は使えないのだろうか。

佐宗なら実家と縁を切って生きていくことは難しくないはずだ。とっくに独立した一人の大人で、食い扶持だって十分すぎるほど稼いでいる。

「そうしたいのは山々なんだけど、変に機嫌を損ねると本家からスポンサーに圧力をかけられかねない。マスコミの上層部にも顔が利くし、ウチの事務所も大手というほどじゃないから」

代々国会議員を輩出している家系となると、各界への影響力は相当のものなのだろう。忖度が働けば、事務所ごと敬遠されることだってあるかもしれない。

「圧力が表沙汰になれば、実家の方々にもダメージが行くのでは？」

「いわゆる忖度をさせるだけだから、証拠は残らない。かといって正面から逆らうと、全力で潰しにかかってくると思う。スキャンダルの捏造やマスコミの買収くらい簡単にできるだろう。彼らに引退と縁談を諦めさせるには搦め手しかないんだよ」

なりふり構わない相手だと、防衛にも骨が折れる。できる限り穏便にすませるために、打てるだけの手を打っておきたい気持ちは理解できなくもなかった。

(金持ちは金持ちで面倒くさいんだな)

面子やプライドが先行すると、一筋縄ではいかなくなるということだろう。

「――で、そのための偽装結婚ということですか」

「そう。差別的で古い感性の人たちだから、自分の子供がゲイだなんてことになったら信じたくないだろうし、表沙汰にもしたくないだろう」

「なるほど。……あの、佐宗さんはゲイなんですか？」

「椎名くんは僕がゲイだと抵抗がある？」

「いえ、そういうわけではなく――ただ、同性がパートナーだと公になった場合、仕事に影響があるのではと……」

人を愛することに、異性も同性も変わりはない。個人的にも偏見や差別意識は持たないよう意識しているつもりだ。

だが、いまの社会にはまだまだそういったものが残っている。人気商売の佐宗にとっては、スクープにもなりかねない。

「飽くまで実家の画策を潰す目的の結婚ですから、公に発表することはありません。それに女性をパートナーにした場合、婚姻届を出さなければ偽装を怪しまれる恐れもありますので」

「どういうことですか？」

有馬の説明が飲み込めず、問い返す。

「協力してくれる人に離婚歴をつけることになるのは避けたい。偽装結婚は犯罪だからね。相手の将来の妨げになりそうなことはできるだけしたくないんだ。だから、結婚といっても実質は事実婚を装うことになるね」

「ああ……つまり、届は出さずに事実婚で行くためには女性だと都合が悪いということですか」

「同性の場合、養子縁組という手段もあるけど、余計にややこしくなりかねないから書類も出さないよ」

「ちなみに偽装結婚が立件された場合、電磁的公正証書原本不実記録罪、または不実記録電磁的公正証書原本供用罪が適用されることになります。同性同士の結婚でもパートナー申請が可能な地区もありますが、まだ一般的ではないですし」

「なるほど……」

足下が掬われる可能性を少しでも減らしておきたいということだろうか。単なる思いつきの作戦でないことは、二人の語り口からもよくわかった。

（まあ、普通の女性が相手だと、偽装のはずが本気になりかねないだろうしな……）

こうして彼と話をしているだけで、助けになりたいという気持ちが沸いてくる。目的を果たしたあとに結婚の解消を拒まれる可能性だってある。

「結婚を伝えたあと、佐宗家側が別れるよう脅してくることも、容易に想像ができます。その際、女性ですと身の安全にも不安がありますので、椎名さんのような方のほうが望ましいんです」

「自分で自分の身を守れる人間のほうがより都合がいいということですね」

確かに大智なら、少しくらい危険な目に遭っても心配はない。

「さっきも云ったけど、養子縁組をするわけじゃないから戸籍には残らないし、将来女性と結婚することもできるから安心して欲しい。ただし、偽装が怪しまれないように三ヶ月くらいは一緒に暮らしてもらうことになるかもしれない」

「三ヶ月？」

「僕の父は、僕を自分の手駒だと思ってるんだ。子供の頃から友人関係にも口出しして、相手の身辺調査をして気に食わなければつき合いをやめるよう命じてきた。婚約者だと紹介すれば確実に調べが入るだろうね」

「そのくらい経てば、彼らの調査も一区切りつくだろうということですね」

「そういうこと。その後は一緒に暮らしてるふりでときどき泊まりに来てもらったり、デートしてもらえればいいかな」

「将来と云いましたが、どのくらいの期間〝結婚〟していればいいんですか？」

「二年経てばいま大学生の従兄弟(いとこ)も卒業するし、伯父の秘書に後継者に相応しい優秀な人物もいる。僕に見切りをつければ、彼らが後継候補になるはずだ」

彼の気持ちも理解できなくはないし、そもそも家庭に夢を見ていないので金のために偽装結婚することにも抵抗はない。ただ、やはり気になることがある。

「でも、俺みたいなどこのウマの骨かもわからない男が相手でいいんですか？　俳優さんとかのほうが上手く演技をしてくれるんじゃ……」

結婚について公にしないといっても、どこからか嗅(か)ぎつけた週刊誌などに追われてバレるかもしれない。

それに佐宗なら親しい友人もたくさんいるはずだし、ファンも納得するような人物のほうが両親にも信じてもらいやすいのではないだろうか。

「いえ、それは――生き馬の目を抜くような業界ですので、どこで足元を掬われるかわかりませんし、難しいかと」

「そうなんですか……」

「椎名くんにこの依頼を引き受けてもらえた場合、説得力を持たせるように振る舞って生活してもらうことになるけどね」

「説得力？」

「本当の恋人っぽくしてもらうってこと。出逢いのきっかけにちょうどいい出来事もあったし、熱愛のお膳立て（ぜんだて）てはバッチリだよね」

「ちょうどいい出来事？」

「そうか、君は気を失ってたから覚えてないか。有馬さん、あのときの写真あったよね？」

「ええ、あれはよく撮れていましたね」

有馬はポケットからスマホを取り出し、手早く操作して画面を見せてくれた。

「!?」

そこには意識を失って佐宗に抱き上げられている大智の写真があった。まるで囚われの姫を救い出した王子さまのようだ。

看護師の伊藤が物云いたげな表情をしていたのは、この写真のせいだったのだろう。

（警護の俺が助けられてどうするんだ……）

一日も早く復帰したいと思っていた職場に、いま初めて行きたくないと思ってしまった。この恥ずかしい写真が同僚にも見られていたら、少なくともこの先半年は揶揄（からか）われ続けるに違いない。

「ちょっと待ってください。これがきっかけでつき合うようになったってことにするんですか？」

「ドラマチックだろ？」

むしろ、乙女チックの間違いではないだろうか。

「司、まだ報酬の話がすんでない」

「そうだった。椎名くんの借金はいくら残ってるの？」

「ええと、あと六百万くらいです」

いまさら隠し立てするようなことでもないため、素直に答えた。一日でも早く借金から解放されるために、毎月ぎりぎりまで切り詰め返済に充てている。

「じゃあ、その額でどうかな？」

まるでコーヒーでも薦めるかのように、佐宗はさらりと告げた。

「はい？」

「一日一万円として、二年で約七百万円ほどでどうでしょうか？　利子も安くないでしょうし、贈与税もかかるでしょうから。手続きも佐宗のほうで致しますので安心してください」

有馬の補足に現実感が一気に押し寄せてくる。

「本気ですか？」

人気俳優の佐宗の稼ぎなら苦もなく払えるのかもしれないが、決して気軽に出せる額ではない。

借金を返しきるまでは人の道に背かない限りどんな仕事だってするつもりだが、身の丈に合わない報酬には気が引ける。

「もちろん。僕の人生を救ってもらう以上、対価として君の憂いを取り除くのは当然じゃないか？　二年間、僕の都合に振り回されると思えば、決して高くはないと思うよ」

人生を救う——大仰な言葉を告げられ、佐宗にとってどれほど重大なことなのかを改めて知る。

「偽装結婚って、結局どういうことをしろって云うんですか？　名前だけ貸せばいいわけじゃないんですよね？」

「偽装するからには、佐宗の家の連中を信じ込ませないとならない。だから、本当の恋人、フィアンセのつもりで徹底的に演技をする。引き受けてもらった場合、君にもそう振る舞って欲しい」

「本当の恋人……」

『本当の恋人』の振る舞いというものがわからない。恋愛経験のない大智に、そんな役目が務まるのだろうか。

「どんなときもお互いを好きだという前提で行動すること——これだけは常に頭に置いておいて欲しい。観客は僕の父だ。もちろん、僕が全面的にフォローするから安心して」

「ちょ、ちょっと待ってください！　昨日の今日でいきなりこんなことを云われても簡単に決められません。少し考える時間をもらえませんか？」

話が進んでいきそうになり、慌てて止める。

「考えてくれるの？　ありがとう、嬉しいよ」

正直、心は揺れている。結論を先延ばしにしただけなのに、感激した様子で感謝された。

「考えるだけで、まだ引き受けるとは云ってませんから」

「わかってる。でも、こんな突拍子もない話を聞いて、怒られないだけでもありがたい」

佐宗としても駄目元の依頼だったのだろうか。

「これだけは覚えておいて。椎名くんがパートナーになったら、僕が君を全力で守るから安心して欲しい」

「……っ」

まるで映画の中の王子さまのような台詞(せりふ)に、胸を撃ち抜かれる。うっかり少しときめいてしまった。

(国民的俳優の看板は伊達(だて)じゃないな……)

基本的に、大智は誰かを守る立場にある。こんなに動揺してしまうのは、守られる対象になったことがないからだろうか。

いまいち現実感が沸かないまま、大智は自分に向けられた輝くような笑顔に困惑しきりだった。

4

「ふあ……」

思わず大きな欠伸(あくび)をした大智は、ここがリハビリルームだということを思い出して慌てて口元に手をやった。

「椎名さん、眠そうですね。夜はちゃんと眠れてますか？　寝つきが悪いようでしたら、入眠剤も処方してもらえますよ。痛み止めも使いすぎはよくありませんが、我慢するのもよくないです」

担当の理学療法士の気遣いが耳に痛い。睡眠不足なのは、見始めたドラマが面白くてやめられず、消灯のあともこっそりと見続けているからだ。

『まずはこちらで佐宗のことを知っていただけると助かります』

佐宗たちが訪ねてきた日、帰りがけの有馬から手渡されたのは、画面の大きなタブレットだった。動画配信アプリがインストールされ、佐宗の出ている作品が全てお気に入りに登録されているという準備のよさだった。

大智には映画やドラマを見る習慣がなかったため、視聴し始めるまでは義務感でいっぱいだったが、見始めた途端、あまりの面白さに引き込まれてしまった。

しかし、ドラマを見ていて寝不足になったと云うのも憚(はばか)られ、質問には答えず曖昧(あいまい)にごました。

「ご心配をおかけしてすみません。今日はよく体を動かしたので、よく眠れると思います」

「そうですね、今日は頑張りましたもんね。明日もこの調子でやっていきましょう」

「はい、よろしくお願いします」

リハビリルームをあとにし、ゆっくりと自分の部屋へと向かう。松葉杖での移動もだいぶ慣れてきた。戻ったらドラマの続きを見ようと思っているくらいにはハマってしまっている。

(まさか、こんなに夢中になるなんてな)

佐宗の人気に火がついたのは、理想の恋人になってくれるというアンドロイド役だ。その完璧な振る舞いと容姿に一気に知名度が上がった。

当初は顔がいいだけの俳優だと云われていたが、その後に出演した時代物での熱演で口さがない批評家たちを唸らせた——というのは、彼の名を検索して出てきた情報だ。

彼の出演作は多岐に亘っており、若い女性向けの恋愛ものから本格的なサスペンスまであらゆる役柄を演じ分けており、まるで同一人物には見えないのが驚きだった。

(あんなに凄い俳優なのに、辞めさせられるなんてありえない)

佐宗の父親は自分の息子の凄さをわかっていないのだろう。もしかしたら、出演作を見たことがないのではないだろうか。

親子でわかり合う方法があれば、偽装結婚だなんてややこしいことをせずにすむだろうに。

(けど、そんな簡単な問題じゃないんだろうな)

大智だって事業に失敗して身を持ち崩した父に現実を見るよう訴え続けていたけれど、一旦溺れてしまった酒と借金からは逃れようともしてくれなかった。

「本当にどうしよう……」

佐宗からの依頼を引き受ければ、大智の人生を立て直すことはできる。

借金を返しきってしまえば、一からやり直すことができるのだ。いままでやりたくてもやれなかったことをやるチャンスだ。

（でも、俺にやりたいことなんてあるか？）

どうせ叶わない夢なら見ないほうがいい。そうやって生きてきた。いまや目先の欲さえよくわからない。

恋人を作って、結婚して、家族を作る。戸建ての家を買い、愛する妻と子供たち、ペットと穏やかな生活を送る――そんな人生も夢ではなくなるのかもしれないが、本当にそれが自分のやりたいことなのだろうか。

しかし、『偽装結婚』によるその後の影響も無視はできない。公にするつもりはないと云っていたけれど、身近な人にはどうしても伝わってしまうのではないだろうか。

（まあ、それはどうでもいいか）

親戚もいないし、大智がヘテロだろうがゲイだろうが、偏見の目で見てくるような人とはつき合わなければいいだけの話だ。

あれこれと自問しているうちに、就職したときのことを思い出した。

高校卒業後の就職先に警備会社を選んだのは、直接人の役に立てることもあるのではないかと思ったからだ。

母に捨てられ、父に先立たれた大智は、誰かに必要とされたかったのかもしれない。

「あ、おかえり」

「佐宗さん!?」

鬱々(うつうつ)と考えごとをしながら自分の病室に戻ると、佐宗が優雅にお茶を飲んで待っていた。

「ケーキ買ってきたから、一緒に食べない？」

「どうしてこんなところにいるんですか……」

「どうしてってお見舞いだよ。撮影の空き時間ができたから、顔を見に来たんだ。ここのケーキすごく美味(おい)しいから食べてみてよ。お薦めは洋梨のシブーストかな」

まるで昔からの友人のような振る舞いに呆気(あっけ)にとられてしまう。

薄々感じてはいたが、佐宗はかなりマイペースな人間らしい。彼の笑顔を見ていると、重たくなっていた胸の内も妙に軽くなる。

「……じゃあ、ご相伴(しょうばん)に与(あず)かります」

「紅茶は砂糖いる？　ミルクは？」

「そのままで大丈夫です」

佐宗の対面に腰を下ろすと、ケーキと紅茶をサーブされた。佐宗の紅茶を注ぐ手つきは上品で、異世界に迷い込んだような気分にさえなってくる。

不思議の国に迷い込んだアリスも、こんな気持ちだったのだろうか。

「さあ、召し上がれ」

「いただきます」

細身のフォークをクリーム色のムースに差し込む。一番下のクッキーのような部分に届くと、さくっと生地が割れた。掬うようにして口に運んだ大智は、思わず目を瞠（みは）った。

「！」

「ね、美味しいでしょ」

「はい、ものすごく。普段ケーキなんて食べないんですけど、びっくりしました。こんなに美味しいんですね」

コンビニのケーキですらあまり口にすることはない大智にとって、衝撃の美味しさだった。舌に広がる滑らかな食感と繊細な甘さは職人技としか云いようがない。

「喜んでもらえてよかった。美味しいものは誰かとシェアしたくなるんだ。同意してもらえるともっと美味しく感じるしね」

佐宗は本当に嬉しそうにしている。

返事の催促に来たのかと思ったけれど、その話をし始める気配はない。もしかしたら、本当に大智にケーキを食べさせるためにやってきたのだろうか。

（この人、想像してた感じと全然違うな……）

スターだというのに腰が低く、思慮深いところがある人だと思っていたけれど、想像以上に変わり者だ。

「そういえばちょっと目が赤いけど、どうしたの？　花粉症？」

佐宗は些細な変化も気にかけてくれる。

「これは……ちょっと寝不足なだけです」

「怪我したところまだ痛む？　僕のせいで本当にごめん。お医者さんに痛み止め増やしてもらえたりしない？」

佐宗にも怪我のせいで眠れていないのかと誤解されてしまった。敢えて気負わせたいわけではない。気まずさを覚えつつ、本当の理由を白状した。

「あ、違うんです。その、有馬さんにタブレットを借りたので動画を見てるんですけど、ドラマを見始めたら止まらなくて――」

「あれ役に立ってるならよかった。そんなに夢中になってるなんて、何てタイトル？」

「……『跪いて慈悲を乞え』です」

その作品は、佐宗が主役の復讐劇だ。一家の中で一人生き残った青年が整形して別人になり、家族を陥れた犯人たちを一人ずつ追い詰めていくというストーリーで、結末が気になり最後まで一気に見てしまった。

「本当に？　僕のドラマ見てくれたんだ」

佐宗の声が弾む。

「有馬さんがリストを作ってくれてましたし、入院中は暇な時間も多いので」

云い訳じみた発言をしてしまうのは、必要以上に佐宗に興味があるかのようで気恥ずかしかったからだ。

「あの人、そんなものも作ってあったの？　うわ、何か恥ずかしいな。絶対に見ろってわけじゃないから無理はしなくていいからね」

「いえ、本当に面白いですし、佐宗さんのことをもっと知っておきたかったので」

大智がそう云うと、佐宗は目を丸くしたあと花が綻ぶように微笑んだ。

「僕のことを知ろうとしてくれてるんだ。嬉しいな」

「あっ、いえ、その――」

そこまで深い意味はなかったのだが、佐宗の思わぬ反応に居たたまれなくなり俯いた。

「それでどうだった？」

そわそわとした様子で訊ねられ、大智は思わず勢い込んで口を開いた。

「すごく面白かったです！　淡々と復讐していく様子が真に迫ってて目が離せなくて、目的のために近づいた犯人の娘に恋をして苦しんでるところは見てるこっちまで胸が痛くなりました。最後のシーンが本当に感動的で、まさかあんな——あ、すみません。知ったかぶったことを云ってしまって……」

喋(しゃべ)っている途中で我に返る。出演している本人を前に、わかりきったことを熱弁してしまった。いますぐ穴を掘って埋まりたい気持ちになった。

「椎名くんがそんなに喋ってくれるのは初めてだよね。楽しんでくれたみたいで嬉しいよ。そうだ、今度新作の試写会があるんだけど、よかったら見に来ない？」

「いいんですか!? あ、いえ、自分で映画館に見に行くので大丈夫です」

佐宗の申し出に反射的に飛びつきかけたが、自制する。厚意にあまり甘えすぎるのはよくないだろう。

「遠慮しないで一緒に来てよ。せっかくだから椎名くんに忌憚(きたん)のない意見を聞かせてもらいたいな」

「無関係な人間が行っても大丈夫なんですか？」

「ライターさんとか出演者の友達とかもいるから大丈夫」

「でも、俺は……」

まだ依頼を引き受けるとも云っていないのに、さすがに図々しい気がする。

「じゃあ、僕からの依頼は別にして、友達になろう。それなら問題ないよね？」

「……っ」

ばちっと音がしそうなほど派手なウインクをされ、息を呑む。

（日常生活でウインクする人、初めて見た……）

佐宗と一緒にいると、自分まで映画の中の登場人物のように思えてくる。ただし自分は一エキストラだが。落ち着かない気持ちで紅茶を啜っていると、スマホが着信を知らせた。

『今月の支払い期限が明日となっていますが、ご用意はできていますでしょうか？』

メールの文面に、またかとため息をつきそうになる。

「返事しなくていいの？」

「返済の催促なので」

身辺調査で何もかも知られている佐宗には、いまさら隠し立てすることもない。

「借金取りってやっぱりマメなんだね」

「まあ、そうですね。彼らはそれが仕事ですから」

佐宗のずれた感想に笑いを誘われる。彼のように裕福な生まれなら、人から金を借りたり、あくせく働かなければならない生活など想像もできないに違いない。

毒親と云っても過言ではない父親の元で育ったとしても、その日食べるものの心配をしなくていいだけ恵まれている。

（七百万か……）

正直なところ、大智は心が揺れていた。

報酬の七百万円があれば、利子ごとまとめて返済できてダブルワークもせずにすむ。入院して体を休めてみて初めて、仕事漬けの毎日に疲弊していたことに気がついた。

いまはいいけれど、こんな生活を続けていけば早晩体にガタが来るだろう。

だからと云って、自分に佐宗の婚約者役が務まるとは思えない。それに――。

「――佐宗さんは、どうして僕を選んだんですか？」

ドラマに夢中になりながらも、佐宗からの依頼のことをずっと考えていた。

「運命を感じた――って云ったら信じる？」

「……え？」

「プレミアイベントで助けてもらったあのとき、『君だ！』って思ったんだ。凜とした空気に芯の強そうな瞳――こうして話してみても、やっぱりあのときの直感は間違ってなかったと思う。どんなに演技が上手くてもそりの合わない相手との芝居には違和感が出てしまうだろう？」

「それは……つまり、イメージしていた役柄に、俺がぴったりだったということですか？」

大智なりに佐宗の言葉を解釈してみる。

「うん、有り体に云えばそんな感じかな」

一連の計画においては、佐宗が監督のようなものだ。ストーリーラインを描き、配役し、演出する。その作品のピースの一つにたまたま当てはまったということだろうか。

だが、佐宗がこの芝居にどういう全体像を思い描いているのかは想像もつかない。

「佐宗さんは俺みたいな素人に、芝居ができると思ってるんですか？」

「そこは心配してない。僕は相手をその気にさせるのが上手いんだ。芝居だとしても、演じてる瞬間がリアルになればそれでいい」

　佐宗は力強く云い切った。相当の自信があるらしい。

「それじゃあ、俺が断った場合、どうするんですか？」

「他にお願いできそうな人を探すことになるけど、難しいだろうね。多分、君以上の適任は見つけられない。僕は君しかいないと思ってる」

「――――」

　熱っぽい縋るような眼差し。

　君しかいない――この男にそんな口説き文句を云われて、心が揺れない人間などいるだろうか。

「……本当に、俺でも役に立ちますか？」

「もちろん」

　考えさせて欲しいと云ったとき、すでに半分こうなることはわかっていたのかもしれない。

　綺麗事を云う気はない。もちろん、第一には金のためだ。だが、ここまで強く求められたら、一肌脱がないわけにもいかない。

　大きく深呼吸をしてから、告げた。

「わかりました。俺でよければその依頼お引き受けします」

「本当に!?　ありがとう！　君はやっぱり僕の恩人だ」

「……っ」

佐宗はソファから腰を浮かせ、太陽のような輝く笑顔で大智の手を握ってくる。温かな手の感触に、再び大智の心臓は大きく高鳴り、金縛りに遭ったかのように体が動かなくなった。

不可解な自分の反応が引っかかったけれど、佐宗のような人間にいきなり手を握られたら誰だって動揺するだろう。

「そうと決まれば、報酬はすぐに払ったほうがいいよね？　先に返済をすませたほうが利子も増えなくていいだろう？　口座番号がわかるならいま——」

佐宗の提案にぎょっとする。大智は慌ててスマホの操作をやめさせた。

「ダメですよ、それは。報酬だけ受け取って、俺が逃げたらどうするんですか」

「椎名くんはそんなことする人じゃないってわかってる」

信頼してくれているのは嬉しいけれど、佐宗の無防備さが心配になってしまう。金銭的に不自由なく暮らしてきた人は、詐欺に遭うことなど考えないのだろうか。

（いままでよく無事でいられたな……）

彼には自分が搾取される危険性があるということをしっかり教えるべきかもしれない。どんなに信じている相手だとしても、お金が絡むことはきっちりすべきだ。

「口約束はよくありません。報酬をいつ受け取るにしろ、ちゃんと契約書とかを交わしたほうがいいですよ」

「なるほど、確かに僕たちにも婚姻届の代わりは必要かもしれないね。有馬さんに書類を作ってもらうことにするよ」

「有馬さんって何でもできるんですね」

「ウチの事務所は彼で持ってるようなものなんだ」


後日、偽装結婚のパートナーとしての務めと対価、そして秘密保持契約を書面で交わすことになった。

「云っておきますが、俺は演技に関しては素人です。細かい指示をいただかないとボロが出ると思います」

「そうだね、まずは齟齬が出ないように設定を決めておこうか」

「設定ですか？」

「出逢いは完璧だから、そのあとのお互いに惹かれていった部分とか、意気投合した理由とか。そのためにはお互いのことをもっとよく知らないとね。椎名くん、趣味はある？」

「ありません」

小学生の頃に野球をやっていたけれど、家計が苦しくなってきたのを察して自分から辞めた。ゲーム機に触ったのも、あの頃が最後だ。

「休みの日は何してるの？」

「アルバイトです」

　こんなにのんびり過ごすこと自体、物心ついてからの人生において初めてのことだ。安静にしているだけというのは、手持ち無沙汰で落ち着かない。

「そうだった、君は勤労青年だったね。なかなか難しいな」

　佐宗と自分に共通項を探そうというのが無理な話なのだ。むしろ、全く違う生き方をしてきたことを生かすしかないのではないだろうか。

「でしたら、役作りのために警護の仕事がどんなものか俺に取材することになり、その結果距離が縮まったっていうのはどうですか？」

「それはいいかも」

　大智の助言に、佐宗も賛同する。

「そうだ、あとで椎名くんのスケジュールを教えてもらえる？　都合がつく日は僕が送り迎えしたいから」

「いえ、そこまでしていただかなくても……」

「送り迎えをしているうちに親しくなっていったってことにしたいんだよね。だから、できるだけ椎名くんに会えるチャンスを作りたい」

「接点を増やす必要があるってことですか？」

出逢いが劇的だったとしても、関係性を深めていくには共に過ごす時間が必要になる。

「そうそう。あとは三ヶ月くらいかけて、段階を踏んでいこう。普通の恋人同士みたいにデートを重ねていけば、自然と親しさが滲(にじ)んでいくと思う。あとは自己暗示だよ」

「自己暗示……」

「難しいかもしれないけど、僕を好きだと思って行動してみて欲しい。個人としての僕が無理なら、映画とかドラマの中で僕が演じてる役をイメージしてくれてもいい」

「なるほど、試してみます」

自分自身がドラマの登場人物だと思えば、芝居もしやすいかもしれない。

「ギプスが外れたら、一緒にジムに行くのもいいな。椎名くん、泳ぎは得意？　よく使うホテルに大きなプールがあるんだけど、平日は人がいなくて穴場なんだ」

佐宗はうきうきした様子であれこれと提案してくる。まるで、心からデートの予定を楽しみにしているかのようだった。

「デートの次は家族への紹介、プロポーズ、挙式――こんなところかな」

「えっ、式も挙げるんですか？」

まさか、そこまでするとは思っていなかったため、さすがに焦る。

「友人と家族を招いた小規模なものでいいけど、お披露目はしておかないと。浮かれているように見せておきたいからね。結婚の事実を公にはしないにしろ、友人たちには紹介しないと怪しいだろう？」

「浮かれ……」

確かに新婚なら周りが見えていないくらいのほうがリアリティがあるが、果たして大智はそこまでの気持ちになれるだろうか。

「父や親戚は欠席するだろうけど、あの人たちを招待したという既成事実を作っておきたいんだ。大丈夫、式の準備は僕がやるから安心して」

「……了解しました」

予想以上に面倒そうだ。しかし、いまさら断るわけにもいかない。

「面倒な親類縁者ばかりだけど、椎名くんはただ僕に大事にされていればそれでいいから」

「はあ……」

佐宗のファンが聞いたら泣いて喜びそうな言葉だが、本当によかったのだろうかとうっすら後悔を抱いてしまう大智だった。

5

「退院の手続きをお願いします」

病院の会計窓口に、病室で受け取った書類を提出する。

「はい、椎名大智さんですね。こちらが請求書になりますので、月末までのお支払いをお願いします」

「わかりまし――」

請求書に記された金額に、大智は目が飛び出そうになった。

（あの部屋、こんなにするのか……）

高いことはわかっていたけれど、庶民の大智の想像を超えた金額に動悸がする。

身一つで入院したため、荷物はほとんどない。院内のコンビニで買った紙袋の中に身の回りのものを何もかも突っ込んだ。請求書はその一番上に載せ、松葉杖を抱え直す。

入院中からリハビリを続けているため、松葉杖での歩行はかなり慣れてきた。いまでは自分の手足のように扱えるようになった。

こうして外に出るのは一週間ぶりのことだ。自動ドアを潜ると、真上に昇った太陽の光が大智の顔を照らした。

「！」

眩しさに目を細めた瞬間、ポケットの中のスマホが震え、ドキリとする。画面を確認すると、佐宗からメッセージが入っていた。

『駐車場で待ってる』

誰よりも多忙なはずなのに、佐宗は感心するほどマメだ。突拍子もない依頼をされて戸惑っている大智を必要以上に気遣ってくれる。

退院日の今日も昼は抜け出せるからと、迎えを買って出てくれた。

天下の国民的俳優に送迎をさせるなんてと始めは遠慮したが、調査が入ったときのためにはある程度目撃されていたほうがいいと云われ、彼に甘えることにしたのだ。

「椎名くん、こっち」

病院の駐車場の入り口で声の主を探す。佐宗はオレンジ色のローバーミニの隣で大きく手を振っていた。大智は彼の姿を見つけ、俄に緊張する。

黒縁の眼鏡をかけているだけなのに、普段の佐宗とはまったくの別人に見えた。カメレオン俳優という呼び名は伊達ではない。

「お待たせしました」

「退院おめでとう。僕も来たばっかりだから。椎名くんを待たせることにならなくてよかった」

まるで本当に恋人を待っていたような無邪気な笑顔がまばゆかった。

（さすがすぎる……）

もうすでに見えないカメラは回っているのだろう。

「わざわざ迎えに来ていただいて、すみませんでした」

いくら空き時間と云っても、秒刻みのスケジュールをこなすような売れっ子俳優にさせることではなかった。

「謝らないで欲しいな。僕が椎名くんに会いたかっただけだし」

「はあ……」

佐宗の芝居はもう始まっているようだが、大智の役作りは全くできていない。

「その服もよく似合ってる」

「あ、これもありがとうございました」

入院したときのスーツしか着るものがないと云ったら、退院用の服まで差し入れてくれたのだ。きっとハイブランドのものなのだろうが、値段は考えないようにして身に着けた。

「椎名くんはスタイルがいいから、何着ても映えそうだね。コーディネートしがいがあるな。また僕の選んだ服を着てくれる？」

自然に甘い台詞が出てくるところがすごい。演技だとしても、普段から云い慣れているからこそすんなりと口にできるのだろう。

「あの、誰もいないところで口説く真似をしなくてもいいのでは……」

さすがにむず痒さに耐えきれず、小声でツッコミを入れてしまう。外ではあるけれど、いま自分た

ちの会話が聞こえる位置に人はいない。

「え、いまの口説いてるように聞こえた？　本心なんだけどな」

「え？」

大智は佐宗の言葉に困惑しつつも、先日彼が云った『自己暗示』という言葉を思い出した。

（なるほど、役になりきるっていうのはこういう意味なのか）

それにしてもナチュラルにあんな台詞が出てくるなんて天然の人タラシだ。こうしてファンだけではなく、周囲の人間も虜にしてきたのかもしれない。

「じゃあ、行こうか」

佐宗は女性をエスコートするかのように、助手席のドアを開けてくれた。

「ありがとうございます」

「頭ぶつけないように気をつけてね」

助手席に収まった大智は、邪魔にならないよう松葉杖を抱える。続いて運転席に乗り込んだ佐宗から、不意にいい匂いがした。

（香水かな？）

キツすぎずすっきりとした爽（さわ）やかな香りが、佐宗によく似合っている。こうして間近で目にすると、改めて彼の美しさに見蕩れる。容貌だけでなく佇（たたず）まいや所作も美しいのだ。

プレミアイベントや見舞いのときは、ただただ佐宗の纏（まと）うオーラに感心していた。けれど、スクリーンの中で活躍する彼を知ったいま、違う緊張感を抱いてしまう。

(俺もけっこうミーハーだったんだな……)

緊張をごまかすために空咳をしながら、大智はシートベルトを締めた。

「報酬は指定の口座に入金しておいたから、早めに確認しておいてもらえる？」

「——ありがとうございます」

佐宗から提示された報酬は七百万円。本当にそれが振り込まれたと思うと、俄に緊張し、背筋が伸びる。もう引き返せない。

「ねえ、椎名くん。このあと時間ある？」

「いまからですか？」

「うん、予定がないならランチでもどう？　気軽だけど美味しくてゆっくりできるお薦めのお店があるんだ」

「そういえば、まだ昼を食べてませんでした」

ランチと聞き、大智の体は空腹を思い出す。

「これからのことも打ち合わせしたいし、もうちょっと一緒にいたいんだけどダメかな？」

「予定は……特にないので問題ありません。むしろ、佐宗さんのお時間は大丈夫なんですか？」

こんなふうに佐宗に誘われて断れる人間などいるのだろうか。

それでも、ほんの少しだけ躊躇(ためら)ってしまったのは、早く帰って佐宗のドラマの続きが見たいという気持ちがあったからだ。

「うん、次の入りは夕方だから」

「俺でよければおつき合いします」

「よかった。初デートだね」

「……そう、ですね」

佐宗に合わせて笑顔を浮かべようと試みたけれど上手くはいかず、引き攣った顔になってしまった。


辿り着いた先は、大智の想像の範疇を超えていた。

「ここ、レストランなんですか？」

門扉から玄関に続く石畳、その脇を飾る花壇には色とりどりの花が咲き乱れ、まるで幼い頃に母に読んでもらった絵本に出てくるお城のようだ。

（本格的なデートコースなのでは？）

どう見ても気軽な店ではない。こうして佐宗の『日常』に招かれると、改めて生きている世界の違いを実感する。

「俺、こんな店に来たことなくてマナーとかよくわからないんですが……」

「カジュアルなお店だから気にしなくて大丈夫だよ」

「…………」

大智にとってカジュアルと云えば牛丼屋かファミリーレストランくらいのものだが、佐宗の場合、そういう店に行くことはまずないのだろう。

「いらっしゃいませ、佐宗さま」

スーツを身に着けた壮年の男性が出迎えてくれた。名札から、彼が支配人だということがわかる。

「ご無沙汰してます、須田(すだ)さん。お元気そうですね」

「隠居にはまだまだ早いですから。こちらの方はお友達ですか？」

「彼は危ないところを助けてくれた僕の恩人なんです」

親しげなやり取りに、佐宗が大智をこの店に連れてきた意図がわかった。自分のテリトリーで大智の存在を印象づけておきたいのだろう。

「予約してないんだけど席ありますか？　できたらテラス席だと嬉しいんだけど」

「かしこまりました。ご案内いたします」

絨毯(じゅうたん)の敷かれた廊下を抜けた先にあるテラス席は、花々の咲き乱れる庭園に面していた。他の客席とは離れた場所にあり、都会の真ん中とは思えないほど静かで落ち着いたロケーションだ。

「すごいな……」

「まるで絵本の中みたいだろ？　この庭は須田さんが丹精(たんせい)してるんだよ」

「お褒めに与り恐縮です。どうぞお掛けください」

「……ありがとうございます」

レストランで椅子を引いてもらったのは初めてだ。居心地の悪さを感じながら、借りてきた猫のように腰を下ろす。

佐宗は椅子を引かれるのを待たずに、向かいではなくテーブルの角を挟んで大智の隣に座った。

「え？」

「内緒話をするんだから、近いほうがいいだろ？」

「そう…ですね……」

世の恋人たちのような位置関係に、そわそわした気持ちになる。

大智の個人的な恋愛対象は同性ではないはずなのだが、佐宗ほどの人物に恋人扱いをされたら誰だって落ち着かないに違いない。

「……本当に俺が相手で上手くいくと思いますか？」

「もちろんだよ。椎名くん以上の適役はいないと確信してる。ほら、タイプも違うのに何となく波長が合う友達っているだろ？　僕の直感はよく当たるんだ」

「わかりません。連絡を取り合っているような友達はいないので」

小学生の頃は人並みに友達と遊んでいたけれど、中高生の頃から家のことやアルバイトで忙しく、子供らしい生活は送れなかった。

同級生が放課後に部活をしたり遊んだりしている様子を羨ましく思うこともあったけれど、ないものねだりをしても仕方がない。

アルバイト先の大人は父親とは違って常識的で優しかった。彼らの存在があったからこそ、腐らず生きてこられたのだ。

「じゃあ、いまは僕だけってことか」

「え？」

「だって、僕たちはもう友達だろ？　契約関係ではあるけど、それはそれとしてお互いのことを知っていけたらいいと思ってるんだ」

「俺なんて……平凡でつまらない人間だと思いますよ」

佐宗の申し出は嬉しいが、彼にとって大智のようなタイプが珍しいだけだろう。本来なら出逢うはずもない人間だ。

学校の勉強すらままならず、仕事漬けで生きてきた自分には面白みも深みもない。お互いを知れば知るほど落胆されそうだ。

「そんなこと云ったら、僕のほうがガッカリされるんじゃないかな。実際の僕は仕事のときの僕とはまったく違うから」

「本当の佐宗さんって、どういう人なんですか？」

「ドラマの役柄みたいにクールじゃない。危ないことは嫌いだし、石橋は叩いて渡りたい慎重派だし。

でも、危ない男を期待してる人のほうが多いんだよね。それで意外とつまらないって云われる」

寂しげに笑う様子に、彼なりの悩みがあると知る。

芸能人がファンの前で見せている顔は、ある程度作られたものだろう。佐宗の演技が完璧だから、錯覚してしまう人もいるのかもしれない。

実際の佐宗は優しすぎるくらい優しくて、思い遣りがある。

「どうしても役柄と混同されがちでね。僕ってそんなに人でなしに見えるのかな」

「当たり役のイメージを引き摺ってる面もあると思いますが、そんなふうに云う人は佐宗さんを独り占めしたかったんじゃないですか？」

自分だけが特別な存在になりたい——佐宗にはそう思わせる引力がある。

「だったら、そう云ってくれたらよかったのに。もちろん、叶えてあげられる相手は限られるけど。でも、椎名くんのお願いなら、いつでも歓迎だから遠慮なく云ってね」

「へ？　あ、はい、じゃあそのうち……」

『本当の恋人』なら感激の仕草を見せているところだろうが、いまはまだぎこちなく笑い返すのが限界だった。

「そうだ、何飲む？　お酒が大丈夫ならシャンパンでも頼もうか？」

「すみません、アルコールはしばらく控えておかないといけないので」

「そうだった、椎名くんはまだ怪我人だったたね。ごめん、気が利かなくて。じゃあ、ミモザ風のノンアルコールカクテルはどうかな。ここのは特別レシピで美味しいんだ」

「ええと、じゃあそれで」

カクテルの名前だということは何となくわかったが、味の想像はつかなかった。会社の飲み会で少し口にするくらいで、基本的に大智は酒は飲まない。

死んだ父親がアルコール依存症だったせいもあるけれど、酒を飲んでいては金が貯まらないからだ。

「ランチコースでいいかな。何か食べられないものはある？」

「好き嫌いもアレルギーもありません」

「よかった。ここのリゾットは最高に美味しいから期待してて」

佐宗は本当のデートのように楽しげだ。本物の恋人のように振る舞うと云っていたからこれも演技の一環なのだろうが、つい真に受けそうになってしまう。

「お待たせしました、ミモザ風カクテルです」

オーダーをすませると、すぐに小さなグラスが二つ運ばれてきた。鮮やかな黄色の液体の底からシュワシュワと泡が立ち上っている。

「このお店はよく来るんですか？」

「母が生きてた頃は時々息抜きに連れてきてもらってたんだ。子供だったけど背伸びしたくてこういうノンアルコールカクテルばっかり飲んでたな」

「お母さまは……」

「僕が高校三年のときに病気でね。亡くなる前、母に好きなことをやりなさいって云われて、演劇の道を選ぶ覚悟を決めたんだ」

「もしかして、それで合格した医学部を蹴ったんですか」

「そんな話まで知ってるんだ？」

「仕事の資料で読みました」

結果的に国民的俳優となったが、右も左もわからないときに役者の道を選んで成功する保証はない。医大に進学すれば、無難な人生を歩めたはずなのに。

「僕にとっては黒歴史だからプロフィールには載せないように云ってるんだけどな」

「どうしてですか？　そのくらい俳優が天職だったってことじゃないですか」

「俳優が天職って云ってもらえるのは嬉しいけど、医大を蹴ったのは父への当てつけだったからね。子供っぽいだろ」

仮にそうだとしても、それを実行できる人間はそうそういないだろう。

「生まれたときから医者になるよう育てられて、僕も中学生くらいまではそのつもりでいたんだ。けど、学校の行事で見に行った舞台に圧倒されてね。自分でも演じてみたいと思ったんだ。それで高校に上がってから演劇部に入った」

「反対はされなかったんですか？」

「そりゃ、ものすごくされたよ。どんなに愚かな判断をしてるかわかってるか？　ってね。でも、母が高校生のときくらい好きなことをやるべきだって父を説得してくれて。僕も勉強は疎かにしないって約束してどうにか許可をもらった」

「大変だったんじゃないですか？」

「まあね。あの時期が人生で一番睡眠時間が短かったな」

「いまより？」

「成績上位五位以下になったら部活は辞めるって約束だったから。僕にも意地があったから死ぬほど勉強したよ」

　トップの成績を維持する苦労は並大抵のものではないだろう。

「ちょうどその頃から母の体調が悪くなってきて、もちろん父が診てたんだけど、どこも悪くない、歳のせいだろうって云うんだ。僕が無理やり余所の病院に内緒で連れていって再検査をしたら、かなり癌が進行してて即入院になった」

「そんな……」

「父に報告したら、見過ごして悪かったと云うどころか余所の医者に診せるなんて勝手な真似をしてみっともないって叱られたよ。それで父と自分の将来に疑問を持つようになった。遅い反抗期だろ？」

「――――」

　反抗期というには悲しすぎる出来事だ。佐宗の話を聞きながら、大智は自分の子供時代のことを思い出していた。

小さい頃は優しかった大智の父親も、事業が失敗してから身を持ち崩し、別人のようになってしまった。

様々な儲け話に飛びついては騙され、一発逆転だといってギャンブルに手を出し、その尻拭いは全て母がやっていた。

大智が中学に上がった春、母親は息子と離婚届を残して出ていった。もう限界だったのだろう。それからは家のこともだらしない父の面倒も大智が見てきた。

もう一度、優しかった父に戻って欲しかったからだ。結局、その願いは叶うことなく父は他界し、残ったのは借金だけ。

生きている間、父には散々振り回されたけれど、死んでからも大智を解放してはくれないのかと愕然としたことをよく覚えている。

(昔はあんな人じゃなかったのに)

幼い頃は優しくて家族思いな人だった。だが、一度歯車が狂ってからは現実逃避をするばかりで、母にも見捨てられてしまった。

いつかは元の父に戻ってくれるはずだと信じて支えてきたし、いまは父の供養のつもりで返済を続けているけれど、たまに徒労感でやりきれなくなってしまう。

「父の母校に合格して、さらに入学辞退をしたときはスッとした。その足で憧れてた劇団にオーディションを受けに行ったんだ。住み込みのバイトを探してるって云ったら、主催の五十嵐さんが実家の花屋さんを紹介してくれて、どうにか食いつなぐことができたってわけ」

「大変でしたね……」

いまの華やかなイメージからは想像もできない下積み時代だ。

「でも、全部自分のためだから。あの件がなかったら、いまでも自分を殺して生きてたかもしれないな。椎名くんのほうが偉いよ。十代の頃から、お父さんの残した借金を一人で返してきたんだろう？」

「俺なんて大したことないです。どの職場もいい人たちばっかりでしたし、働くのは苦ではなかったので」

体を動かしているのは好きだし、誰かの役に立っていれば、そこに自分がいていいのだと思える。

「お父さんを恨んだりしなかった？」

「そうですね……恨んでないって云ったら嘘になりますが、楽しかった記憶もあるから憎みきれないんですよね」

酒浸りでいい加減な父のことは嫌いだ。だけど、優しくて家族思いだった父だって確かに存在したのだ。

「椎名くんは優しいね」

「そんなんじゃないですよ。多分、いい思い出に縋ってるだけなんでしょうね」

恨む気持ちばかりだと、返済中心の生活が辛くなってしまう。無意識に自分も現実逃避をしているのかもしれない。

「お母さまはいまどちらに？」

「再婚して、新しい家庭を持っています。連絡は取ってません。俺の顔を見ると、辛い記憶が蘇るだろうし」

母はいまの夫との間に子供も生まれ、以前とは違って穏やかな日々を送っているようだ。父が亡くなったあと、一度だけ様子を見に行ったことがある。

彼らは幸せな家族そのもので、異物でしかない大智は声をかけることができなかった。もし顔を見せて僅かでも迷惑そうな顔をされたら、きっと立ち直れないだろう。

〝家族〟には憧れもあるけれど、トラウマもある。幸せだった日々がなければ、喪失感を覚えずにすんだのだろうか。

「椎名くんはもっと自信持っていいと思う。親の借金を返すために、自棄にもならず、一生懸命働いてるのって、君が思っている以上に凄いことなんだよ」

佐宗の真剣でまっすぐな眼差しは、口先だけの言葉ではないのだと雄弁に告げていた。こんなふうに正面から褒められると擽ったい気持ちになる。

「……ありがとうございます」

「大体、お人好しじゃなかったら、こんな面倒くさい僕の依頼なんて引き受けないでしょ」

「確かにそれもそうですね」

「ちょっと待って、椎名くん。そこは『そんなことないですよ』って云ってくれるところじゃない？」

わざとらしく拗ねた面持ちでツッコミを入れてくる佐宗に、思わず噴き出してしまう。

「やっと笑った。椎名くんは笑顔のほうが似合うよ。仕事中のキリッとした顔もカッコいいけどね」

そう云うと、佐宗はとびきりの甘い顔でじっと大智を見つめてきた。

（この人、本気で俺を惚れさせる気なのか？）

全力で繰り出される攻撃に、あっさりと陥落してしまいそうだ。大智は恋人の演技に慣れる前に、すでに佐宗の手中にいるような気がして仕方がなかった。

6

「ここに判子かサインをお願いします」

受取証に三文判を押し、封書を受け取る。配達員によって届けられたのは、借金の完済証明書だ。

佐宗からの入金をネットバンキングで確認した大智は、それをそのまま返済に充てた。一括返済の連絡をし、振り込み手続きをしたときはさすがに手が震えた。

普段なら手で破るところだが、今回は鋏を探し出し丁寧に封を開ける。生唾を呑み込み、中から書類を取り出すと、白い紙に簡素に印刷された『完済』の文字を感慨深く見つめた。

(これで終わったんだ……)

父の残した借金は、全て返し終えた。もう何も自分を追ってはこないのだと思うと、不思議な気持ちになる。

解放感と共に喪失感のようなものがあるのは、日々の目標がなくなってしまったからかもしれない。

「そうだ――」

父親の墓参りにでも行こう。意識しないようにしていたけれど、命日も近い。

借金完済の報告をして、これまでの恨み節をぶつけてくるのだ。そうすれば、気持ちの整理もつくだろう。

　そう思い立って着替えをしていたら、スマホが着信を知らせた。佐宗専用のメロディーにドキリとする。

「はい、椎名です」

『僕だけど、椎名くんは今日これからの時間空いてる？』

　前置きもない問いかけに面食らう。

「いまからですか？」

　佐宗のスケジュールが突発的に変わることはわかっているけれど、あまりにも急な誘いだ。

『監督がぎっくり腰になっちゃって、急に半日オフになったんだ。日曜日だから、もしかしたら椎名くんに会えないかなって思って』

「すみません、これからちょっと行くところがあって」

『病院は今日は休みか。買い物でも行くの？』

「いえ、父の墓参りです」

『お墓参り？　僕が一緒で差し支えなければ送って行こうか？』

　大智の答えが意外だったようで、佐宗の声には少し驚きが混じっていた。

「いえ、個人的なことですし、そこまでしてもらうわけにはいきませんから」

『まだギプスも外れてないいんだから甘えてよ。むしろ一緒に行かせて欲しいんだけどダメかな？』

「一緒にですか？　それは構いませんが……」

佐宗の申し出にびっくりする。墓参りについてきても退屈なだけだと思うのだが。

『そう、パートナーとして一度挨拶(あいさつ)しておきたかったんだ。こういうケジメはしっかりしておかないとと思って。いまから迎えに行くから用意して待ってて』

「挨拶って——」

大智の言葉の途中で、一方的に通話が切れてしまう。

本当の恋人同士ではないのだから、そこまで律儀にしなくてもいいものをと思ってしまうが、大智の恋人になりきっている佐宗にはきっと当然のことなのだ。

(生きてるときに佐宗さんを父さんに会わせたら、もの凄く驚いただろうな)

父は大智と違ってテレビが好きだったから、有名な芸能人を前にしたら目の色が変わっただろう。

その様子を想像すると、何だか楽しい気持ちになってきた。

迎えに来てくれた佐宗の愛車のカーナビに目的の寺の住所を入力し、出発する。こうして佐宗の愛車の助手席に座ることにもだいぶ慣れてきた。

「三十分もあれば着くかな。道が混んでなければいいけど」

「あの、ありがとうございます」

「無理やり同行してる僕のほうがお礼を云わなきゃいけない気がするよ」

「今日のことだけじゃなくて、佐宗さんには本当に感謝してるんです。——さっき、完済証明書が届きました」

佐宗には顔を合わせて直接報告しておきたかった。

「そうか。じゃあ、これで一安心てことか。もしかしなくても、今日のお墓参りはその報告のため？」

「一応、そのつもりです。佐宗さんのお陰で返済を終わらせることができました。本当にありがとうございます」

「……椎名くんは偉いな。僕なら父親のことを恨んでしまいそうだ」

「恨んでいないわけではないんです。でも、ひと区切りつけることができたので、いままでの文句を云いに行こうと思って」

「それはいいね。この機会に思っていたことを云えばいい。黙って聞いてくれるだろうからね」

「確かにそうですね」

酔っ払っている父には云えなかったことも、いまなら存分にぶつけられる。

途中で花と線香を買い、細い路地を抜けると、やがてこぢんまりとした小さな寺に行き着いた。下町にある古い寺で、父親の遺骨はここの共同墓地に納めてある。

二台でいっぱいになる駐車場に車を停めドアを開けると、上品で涼やかな香りが鼻腔を擽った。見ると、寺の入り口に白木蓮が咲き誇っている。父が亡くなったときも、同じように咲いていたことを思い出す。

「椎名くんはこの近くに住んでたの？」

「はい。ここから十分くらいのところに」

その前は父の会社の社屋兼自宅の戸建てに住んでいたけれど、会社が倒産したときに家は人手に渡ってしまった。

狭いアパート暮らしを始めたばかりのときは中学生だったこともあり、これからどうなってしまうのだろうと途方に暮れたけれど、周りの手助けもあり何とかやってこられた。

「懐かしいな。実は僕もこの近くに下宿してたんだ」

「え、本当ですか？」

「この間、家を飛び出して劇団の主催の実家の花屋で住み込みで働いてたって話をしただろう？　それ、向こうの商店街の裏にある店なんだ」

「えっ、あの花屋さんにいたんですか？」

「うん、あそこで二年間お世話になってた。賄いで三食出してもらえて、本当にあのときは助かったな。実家にはお手伝いさんがいたから、水仕事すらしたことなくて最初は何もできなかったんだけど、おかみさんにビシバシ仕込んでもらったよ」

「……佐宗さんも本当に苦労したんですね」

「苦労とは云えないかな。花の世話も楽しかったし、仕事がなくても稽古で芝居ができるだけで嬉しかったから」

「――――」

毒親とも云える父親に苦しめられていたとしても、佐宗は自分のように衣食住に悩まずにすむだけマシだろうと思っていた。

けれど、どちらがより辛いかなど当人にしかわからないことだ。食べるものに困らなくても、プライドを踏みつけられながら暮らしていればやがて心が死んでしまう。

先入観に凝り固まり、浅慮だった自分を反省する。生まれも育ちも、その人の苦しみには何も関係ない。

「着の身着のままで飛び出してきたようなものだったから着替えすらろくに持ってなかったんだけど、近所の人がお下がりを持ち寄ってくれたりして」

「この辺の人たちは温かいですよね」

父が生きていた頃も、近所の人たちが大智の荒んだ生活を見かねて夕飯のおかずをお裾分けしてくれたりもした。

他にも大智の気づかぬところであれこれと手助けしてくれていたことを知っている。

世間知らずの高校生だった大智を、周囲の大人たちは見返りも求めず助けてくれた。ささやかでも葬式を出せたのは彼らのお陰だ。

「そうなんだよね。いつか恩返ししたくて、後ろ盾がなくても受けられるオーディションを受けまくってた」

佐宗は彗星のように現れたと思っていたけれど、そうではなかった。下積み期間の苦労があったからこそ、いまの国民的俳優の地位があるのだ。

「実力はあるに越したことはないけど、この業界も第一に物を云うのはコネなんだ。いまは幸いたくさん支持してくれる人たちがいて、彼らのお陰で仕事がもらえているけど、これから先何があるかわからない。だから、いまでもそれは変わらないよ」

これだけ人気があり、引っ張りだこの佐宗でもそんな不安を抱いているのかと驚く。けれど、それは権力を行使する人間を身近に見てきたからこその懸念なのかもしれない。

「心配しなくても、佐宗さんのファンはずっと佐宗さんを応援してくれるはずです」

上辺(うわべ)だけでない真摯(しんし)な気持ちは、スクリーンの向こうで見ている人にも伝わっているはずだ。

「そうだといいけど」

「それに俺もいますから。そのための『計画』じゃないですか」

はっきり云って、大智にできることはほとんどない。普通の人よりは少し鍛えている警備員というだけだ。

けれど、佐宗の計画は一人では成し得ない。胸を張って隣に立ち、彼を支えることが自分に課せられた役目だと気がついた。

誰かが傍にいてくれるだけで、頑張れることがある。孤独でないことがその土台となるのだ。

大智の言葉に佐宗は目を瞠る。そして、すぐに嬉しそうに目を細めた。

「ありがとう。やっぱり、椎名くんにお願いしてよかった」

「本当にいるだけですけどね」

正面から感謝されると気恥ずかしい。混ぜっ返してしまうのは、まだまだ修行が足りないからだ。

「さあ、お父さんに挨拶に行こう」

佐宗は仏花を片手にてきぱきと桶に水を汲む。

「すみません、やらせてしまって。俺が持ちます」

「いいから、このくらいさせて。お父さんのお墓はどこ？」

「突き当たりの共同の納骨堂です。墓を買う余裕もなかったし、郷里もわからなかったので合葬にしてもらいました」

納骨堂の前の祭壇では線香の煙が柔らかく立ち上っていた。花瓶に水を入れ、持参した花を生ける。あれだけ足が向かなかったというのに、今日は自然と手を合わせる気になった。いま父が生きていたら、何と云っただろう。

(反省もしないでまた借金を増やしてたかもな)

これでまた金が借りられると喜んでいたかもしれない。

顔を上げると、佐宗が優しい眼差しで見守ってくれていた。

「……ここに来たのは納骨して以来です。仕事が忙しかったのもあるんですけど、なかなか気持ちの整理がつかなくて。不義理な息子ですよね」

供養のためのお布施は毎年送っていたけれど、どうしても直接足を運ぶ気にはなれなかった。

「どうして？　椎名くんほど親孝行な子はいないと思うよ」

「父に立ち直って欲しくてあれこれやってましたけど、それがよくなかったんですよね」

父のようなタイプは、外野が尻拭いして甘やかしてはいけなかったのだといまならわかる。息子の自分だけは見捨ててはいけないと思っていたけれど、むしろそうすべきだったのだ。

どんな問題も自ら責任を取らなくてすむから、次から次へ地に足の着かない夢を見続けてしまう。

「子供は親に期待して当然だ。君は君にできることを精一杯やってきたんだろう？　反省する必要なんてない。むしろ自分を褒めて、労うべきだ」

「そうでしょうか」

「そうだよ、君は偉い。いままで頑張ったね」

佐宗に褒められ、何とも云えないこそばゆい気持ちになる。

佐宗の言葉で、ようやく辛い借金返済生活が終わったのだという実感が湧いてきた。大智はずっと誰かに頑張った、よくやったと云って欲しかったのかもしれない。

「借金を返しきることができたのは佐宗さんのお陰です。俺一人なら、あと何年かかったか。本当に感謝しています」

「礼を云わなきゃならないのは僕のほうだ。あんな無茶な頼み、余程のお人好しじゃなきゃ引き受けてくれないよ」

「俺はお人好しなんでしょうか？」

「かなりのね」

「………」

そうだったのか、と軽くショックを受けた。

「そこが椎名くんのいいところだから。ただ、僕みたいな人間につけ込まれないように気をつけたほうがいいかもね」

「それを云ったら、佐宗さんのほうが世間知らずじゃないですか。気軽にあんな大金を振り込もうとするなんて無警戒にも程があります」

「それは相手が椎名くんだからだよ。人を見る目には自信がある」

「俺だってそうですよ。佐宗さんじゃなきゃ、こんな依頼引き受けてません」

「何だ、じゃあ僕たちは元々両想いってことだね」

「そう…なんですかね？」

想定外の結論の着地に首を捻(ひね)る。いまのはそういう話だったのだろうか。

「おや、お参りの方ですか？」

話し声が聞こえたのか、住職が様子を見に来た。彼と顔を合わせるのも、父の四十九日の法要以来のことだ。

「いつもお世話になってます」

頭を下げて挨拶をすると、じっと大智を見つめながら思案顔になった。やがて、ぱっと表情を明るくした。

「ん、もしかして君……大智くんかい？　いやあ、久しぶりだね。ずっとどうしてるかと心配してたんだ」

高齢の住職は目を細めて、大智の肩を叩いてくれる。温かで力強い手の感触が、無性に懐かしい。

「なかなか顔が出せずにいて、すみませんでした」

「元気そうで、と云いたいところだけど、その足はどうしたんだい？」

「ちょっと仕事でやっちゃって。いまは警備会社に勤めてるんです」

「いいかい？　若いからと云って無茶は禁物だ。体を大事にするんだよ」

「気をつけます」

住職はまるで子供の頃のように、大智のことを心配してくれる。彼のような人がいてくれたからこそ、いまの自分がある。

「本当に会えてよかった。大智くんがこんなに立派になって、元気な顔を見せてくれて、お父さんも喜んでるはずだよ」

「……はい」

大智は住職の言葉に泣きそうになる。頑張ってきたこれまでの日々が報われた気持ちだった。

7

住職から世話になった人たちの近況を教えてもらい、また後日改めて挨拶に来ると約束して別れた。

こんなふうに懐かしい人たちと心穏やかに話すことができたのも、佐宗のお陰でしかない。

「佐宗さん、今日はつき合ってくれてありがとうございました」

「僕のほうこそ、一緒に連れてきてくれて嬉しかった。お父さんに挨拶もできたしね」

「え、何て云ったんですか？」

「それは内緒」

佐宗はイタズラっぽく笑う。

「そうだ、僕が下宿してたお花屋さんに寄っていってもいいかな？　最近、顔出せてなかったから、様子を見に行きたいんだ」

「是非行ってみたいです」

まだ知らない佐宗の一面を覗きたい一心で大智は頷いた。

車は寺の駐車場に置かせてもらい、徒歩で佐宗が下宿していたという生花店へと向かう。

「本当に徒歩で大丈夫だった？」

佐宗はまだ松葉杖が必要な大智を慮（おもんぱか）ってくれる。

「全然余裕です。いいリハビリにもなりますし」

「辛くなったら、僕がおぶっていくから遠慮しないで云ってね」

「気持ちだけ受け取っておきます」

配慮はありがたいが、天下の往来で国民的俳優におぶられる姿はさすがに見られたくない。あのお姫さま抱っこだけで十分だ。


十分ほど歩くと商店街の入り口に辿り着いた。記憶よりもアーチが古びているけれど、賑わいは変わっていなかった。

アーケードを途中で曲がり、一本内側に入ったところに目的の生花店があった。大きな看板に五十嵐生花店と書かれている。

年月を感じさせる三階建ての白くて四角い建物の一階が花やグリーンで溢れている。住み込みをしていたということは、上の階が住居なのだろう。


「素敵なお店ですよね」

「近所の学校の卒業式とか店舗のお祝いのお花を作るのがメインだったから、忙しい時期は本当にめまぐるしかったな」

「佐宗さんも花束とか作れるんですか？」

「もちろん。大物は任せてもらえなかったけど、ブーケは得意だよ。よく近所の女子高生が買いに来てくれてたな」

「それは……」

佐宗が目当てだったのではないだろうか。人気俳優という肩書きがなくとも、いまも昔も佐宗のカッコよさに変わりはないはずだ。

奥で作業をしていた年輩の女性が表に出てきた。店じまいの時間らしく、外の商品を店内にしまう準備だろう。

細身でありながら軽々と大きな鉢を抱えている姿は頼もしいの一言に尽きた。

「すみません、もう店じまいですか？」

「はい、いらっしゃい。まだ大丈夫ですよ。どんなお花で作りましょうか？　予算はどのくらい――って司くんじゃないの！」

普通に接客対応を始めた女性は、佐宗の顔を二度見していた。

「ご無沙汰してます、美津子（みつこ）さん」

「嫌ね、驚かせるなんて人が悪いんだから！　ちょっとあなた！　司くんが来てくれたよ！」

「ええ!?　司くんが？」

美津子が大きな声で呼びかけると、奥から主人と思われる男性が顔を出した。禿頭（とくとう）の貫禄のある体格でニコニコとした朗らかな印象の人だった。

「久しぶりだねえ、司くん。ドラマも映画も見てるよ」

「ありがとうございます、洋（ひろし）さん」

「息子と違っていまものすごく忙しいんでしょう？　こんなところで油売ってて大丈夫なの？」

「今日の撮影は急遽オフになったんです。近くまで来たので顔を見に来ました。あと、眞嗣さんは舞台で忙しくしてるはずですよ。眞嗣さんとも最近会う機会がなくて。元気にしてますか？」

眞嗣というのが劇団の代表なのだろう。

「元気元気。こっちのイケメンも俳優さん？　いい体してるねえ」

「いいえ、俺は一般人です」

自分に芸能人のような要素は一切ないつもりだが、佐宗の隣にいるとオーラの余波を受けるのかもしれない。

「椎名くんは最近知り合った友人なんです。彼もこの辺出身なんですよ」

「あら、同郷なんて嬉しいね。そうだ、このあと時間あるなら二人ともご飯食べていって」

「いいんですか？」

「孫の写真も見せたいし、司くんの近況も聞かせてちょうだい。椎名くんは時間大丈夫？」

「はい、でも俺までお邪魔するわけには……」

「何云ってんの！　司くんの友達を歓迎しないわけがないじゃないの。ほら、上がって上がって」

「ご迷惑ではないようなら、お邪魔させていただきます」

固辞するのも失礼かと思い、招待を受けることにした。

「お肉屋さんのコロッケ好きだったでしょ？　お父さん、ちょっと買ってきて。やっぱり、私が行ってくる。せっかくだから魚屋でお造り頼んでくる」

美津子は店の中に一旦引っ込んでから、財布を手にまた出てきた。そして、その足で商店街へと小走りで行ってしまう。

「相変わらず落ち着きがなくて申し訳ないねえ」

「いえ、美津子さんらしくて安心しました」

「さあさあ、中に入って。美津子が帰ってくるまで三人でお茶でも飲んでようか」

洋に店内に招き入れられる。お茶をご馳走になりながら、佐宗の思い出話に花を咲かせたのだった。

「二人ともまた遊びに来てね」

「はい、必ず伺います」

すっかり長居をしてしまい、五十嵐家を後にした頃には夜空に星が瞬いていた。

「さすがに食べすぎました」

これ以上は食べられないというくらいたくさんの料理を出してもらい、いまはベルトを緩めたいくらいだ。

「椎名くんよく食べてくれるから、美津子さんも喜んでたね。僕もお腹いっぱいだよ」

「素敵な人たちでしたね」

「一緒にいると元気をもらえるんだ」

「わかります」

いつになく佐宗がリラックスしているように見えた。もしかしたら、さっきの姿が本来の彼なのかもしれない。

「あそこで世話になるようになって、ドラマで見るような家族団欒がフィクションじゃないって初めて知ったんだ。普通は親の機嫌を窺って息を殺して過ごしたり、部屋まで追いかけられて怒鳴りつけられたりしないんだって知ってカルチャーショックを受けたよ——ごめんね、愚痴っぽい話になって」

「気持ちはわかります。ウチも酒の入ってるときの父は、何が導火線かわからなくて顔色を窺ってましたから。昔はそうじゃなかったんですけど」

「椎名くんにはついつい情けない話をしちゃうんだよね。こんな面白くもない話聞きたくないだろ」

申し訳なさそうに苦笑を浮かべる佐宗に重なって、幼い頃の彼が見えるような気がする。

親の決めた結婚相手が嫌なら、ただ逃げればいいのではと思っていた。けれど、それでは『呪い』が解けないのだろう。

父親に反抗し、敷かれたレールから飛び出したのに、そのことにまだどこか罪悪感を覚えているように感じる。辛かった思い出が鮮明なのは、その裏返しで自分に云い訳をしているのだ。

きっと今回の計画は、佐宗にとっては成長するための必要なステップなのだ。

「佐宗さんが話して楽になるのなら、もっと聞かせて欲しいです」

自分たちの中には傷ついた少年が、まだ成長できずにいるのかもしれない。その二人が共感し合うから、一緒にいて居心地がいい。

傷を舐め合っているだけだとしても、それで前に進めるなら十分だ。

「椎名くんは優しいね」

「それは――佐宗さんが優しいからだと思います」

自分は受け取ったものを返しているだけだ。佐宗はもっと自由に、幸せになるべきだと思う。

願わくば、彼の『計画』が上手く行きますように。空高く昇った月を見上げながら、大智は胸の内で祈るのだった。

8

社員証をカードリーダーに翳(かざ)し、セキュリティゲートを通り抜ける。足取りが軽やかなのは、昨日ギプスが外れたばかりだからというだけではない。

「椎名くん、お疲れさま。今日は早いね」

エントランスの警備についている中井(なかい)に声をかけられた。

「あ、はい。その、ちょっと予定があって――」

退院後は午前中はリハビリに通い、フレックスタイムにしてもらったので午後から出勤するという生活を送っている。

そのため、退勤時間が遅い日が続いていたのだが、今日は半休を使って早めに職場を後にした。ワーカホリックな大智が仕事よりもプライベートを優先することは珍しい。

「お、デートか？」

「いえ、今日はそういうわけでは……」

云い訳をする必要なんてないのに狼狽(うろた)えてしまうのは、自分が必要以上に今日の約束を楽しみにしていたからかもしれない。今日は佐宗と彼の最新出演作の試写会に行くことになっていた。試写室のある配給会社のビルの前で待ち合わせをしている。

（これも偽装結婚計画の一環だけど……）

大智のような部外者が内々の試写会に行ってもいいのか不安だったのだが、佐宗曰く、『できたら、椎名くんの存在を印象づけておきたいんだ。探りを入れられるとしたら、まずは仕事絡みの人たちだろうしね』

とのことだった。

今日の試写はゼロ号試写といい、完成手前のものが上映されるらしい。この映像をチェックし、その後に細かな調整を加えていくのだそうだ。

大智がそわそわしているのは、佐宗に直接会うのが一週間ぶりだからかもしれない。先週、彼はドラマの撮影で地方ロケに行っていた。

その間も連絡は毎日のように来ていて、そのマメさに驚かされた。無理しなくてもと口では云いながらも、スマホが鳴る夜を心待ちにするようになっていたのも事実だ。

「たまには羽を伸ばしたほうがいいんだよ、椎名くんは。怪我したっていうのに、毎日出勤して。しばらく休んでたらよかったのに」

「武田さんもそう云ってくれるんですけど、俺としては一日も早く現場に戻りたいんです。出社するのはいいリハビリにもなりましたし、ギプスも早めに外せましたから」

いまは内勤で警備計画書や警備指令書の作成のサポートをしている。現場の経験は活かせているが、やはり体を動かすほうが性に合っている。

リハビリを真面目にこなしていたお陰か、予定よりも早くギプスを外すことができた。筋力が落ちてしまっているため引き続き鍛える必要があるが、この調子なら現場復帰も近いはずだ。

「ギプスが外れたからって焦りは禁物だぞ。無理すると、あとで体にガタが来るからな」

「よく覚えておきます」

好々爺然とした中井も、若い頃は警備スタッフとして現場で指揮を執っていた。怪我をして前線は退いたが、いまは再雇用で社内の警備と後進の指導を兼任している。

中井に頭を下げ、建物の外に出ると、しとしとと静かに雨が降っていた。

「しまった、傘持ってくればよかったな」

ロッカーに戻れば置き傘があるけれど、取りに戻れば佐宗との待ち合わせに遅れてしまう。徒歩で行ける距離とは云え、まだ全力疾走は控えておきたい。途中のコンビニまで濡れていくしかないと諦め、雨の中に足を踏み出した瞬間、頭上に傘がさしかけられた。

「まさか、濡れていくつもり?」

「さ――」

大声で名前を呼びそうになり、すんでのところで自分の口を塞いだ。驚きに目を瞠る大智に、佐宗はいたずらっぽい笑みを見せる。

「雨が降ってきたから迎えに来たんだ。もしかしたら、傘を持ってないんじゃないかと思って」

今日の佐宗は会社帰りのビジネスマンのような格好をしている。国民的俳優がこんなオフィス街にいるとは思わないのか、彼を気に留める者は誰もいないようだった。

「こんなところに来て騒ぎになったらどうするんですか。ファンに見つかったりしませんでしたか？」

大智と親しげにしているところを第三者に見られたほうが都合がいいのかもしれないが、目立ちすぎて騒ぎになるのはまた別の問題が起こる。

佐宗の場合、どこに熱狂的なファンがいるかもわからない。目撃情報がＳＮＳに流れれば、プレミアイベントの惨事のような事態にもなりかねない。

「大丈夫だよ、いまは気配を消してるから。でも、心配してくれてありがとう。椎名くんと少しでも早く会いたくて我慢できなかったんだ」

「またそんなことを……」

佐宗にそんなふうに云われて、ときめかない人間がいるだろうか。これまで気になる相手は女性だけだった。なのに、佐宗のこととなると必要以上に動揺してしまう自分がいる。

「それにしても、ギプスが外れてよかった。昨日は病院まで送れなくてごめんね」

「もう日常生活に支障はないので、そんなに気を遣わないでください。仕事が最優先に決まってるじゃないですか」

走ったり、激しい動きをしない限りは問題ないと医師にも云われている。

「じゃあ、少し長く歩いても大丈夫？　それともタクシーを使ったほうがいいかな」

「走らなければ問題ありません。むしろ、積極的に歩くように云われています」

「それならよかった。実はこういう仕事帰りの夜のデートって憧れてたんだ。手が繋げたら最高なんだけどな」

「会社の近くでそれはちょっと……」

もし本当の恋人相手だとしても、人前でイチャつくのはさすがに抵抗がある。

「わかってる。いまは相合い傘で我慢しとくよ」

佐宗は小さく肩を竦め、ため息をつく。本当に残念そうな口ぶりだからすごい。これも恋人の演技だと前もってわかっていなければ、完全に自分に気があるのだと錯覚してしまっていただろう。

職業柄、常に冷静でいるためのトレーニングも積んでいるけれど、佐宗に対しては毎回そわそわした気持ちになってしまう。さすが国民的俳優のオーラは半端ない。

「でも、そろそろ恋人らしく振る舞う練習をちゃんとしたほうがいいかもしれない」

「練習？」

「スキンシップとか、普段からしてないとぎこちなくなるだろ？」

「スキンシップ……!?」

役者である佐宗には簡単かもしれないが、それは大智にとってかなりハードルが高かった。まともに恋人がいたこともなければ、家族とのスキンシップすら物心ついてからは皆無だったのだから。

警護のために対象者の肩を抱えたり覆い被さったりすることはできるが、ただ単に手を繋いだりハグしたりということは得意ではない。

だから、佐宗にちょっと触れられるだけでも心臓が跳ね上がる。そんなふうに一々驚いていては、婚約者としての信憑性が薄れかねないのはわかっているのだが。

「そんな身構えなくても。練習は追々で構わないから」

「……すみません」

緊張を見透かされ、フォローをされてしまった。ここに来て恋愛経験のなさが痛い。自分の中に行動のサンプルがないため、いざとなるといちいち固まってしまうのだ。

「今日はどんなふうに振る舞えばいいですか?」

「友達みたいに自然にしてくれたらいいよ」

「自然に……」

佐宗は簡単そうに云うけれど、それが一番難しい。

(最初の頃よりはだいぶ慣れてきたけど)

敬語はまだ抜けないが、彼との会話ではだいぶぎこちなさが減ったと思う。とは云え一ファンから同僚くらいの進歩だから、これが舞台だったらとんだ大根役者だと酷評されているに違いない。

話をしていたら、あっという間に目的地に到着してしまった。佐宗と二人だと本当に時間が過ぎていくのが速い。

「試写室はここの上にあるんだ。有馬さんがロビーで待ってるはずなんだけど……」

「こっちだ、司」

先にこちらに気づいた有馬が駆け寄ってくる。相変わらず隙のない出で立ちで、彼の周りの空気はどこか涼やかだ。大智の顔を見て、丁寧に腰を折る。

「ご無沙汰してます、椎名さん。佐宗が我儘を云ってご迷惑をかけていませんか？」

「いえ、そんな！　むしろ俺のほうがお世話になってます。忙しいのに本当にリハビリの送迎をしてくれるときもあって」

もちろん毎回ではないけれど、忙しいスケジュールの隙間を縫って、できる限りのサポートをしてくれた。

「いいんですよ。こいつのことは可能な限りこき使ってやってください。椎名さんにはとんでもない無茶を聞いてもらってるんですから」

「そうそう、気を遣わず我が儘云って欲しいな」

有馬の言葉に、佐宗は大きく頷く。

「いえ、さすがにそういうわけには……」

いまでさえ過分な扱いだというのに、これ以上彼の手を煩わせるなんて恐れ多い。

「椎名さん、世間知らずで扱いにくいところもあるかと思いますが、佐宗のことをよろしくお願いします」

深々と腰を折る有馬に、大智も頭を下げ返す。

「それじゃ、司。俺は仕事が残ってるから事務所に戻るけど、帰りの足は大丈夫だな？」

「近くに車停めてあるから平気だよ」

大智たちをエレベーターに乗せると、有馬はぺこりと頭を下げて扉の向こうへと消えていった。

「有馬さんはまだお仕事なんですね」

「ウチの事務所一番のやり手だからね。僕がこれだけ仕事がもらえるのも、彼のお陰だよ」

「へえ……」

三階に到着し、扉が開く。そこはロビーのような空間になっており、手前にはバインダーを手にした女性が立っていた。

「内田さん、お疲れさまです」

「お待ちしてました、佐宗さん。有馬さんからお連れの方がいると聞きましたが、そちらの方ですか？」

「うん、一人追加でお願いします」

佐宗はそう云って、布でできたシール状の関係者パスを二枚受け取った。

「あそこにいるのが監督の国東さんと助監督の合川さん。いま試写室に入っていったのが、相手役の花本さん。ほら、炭酸飲料のＣＭで有名な人」

「へえ、そうなんですか。すごく綺麗な方ですね」

大智はテレビを見ないため、いまどんなタレントが人気なのかまったくわからない。佐宗の人気だけは規格外のため、うっすら認知することができていただけだ。

「椎名くんは僕以外の芸能人にはあんまり興味ない？」

「まあ……そうですね」

ドラマや映画を見始めたのは佐宗を知るためだ。それ以外は範疇外だった。

「……いまのはちょっと揶揄ってみただけなんだけど、肯定されると恥ずかしくなるな」

「？」

云われた意味がわからず首を捻っていると、こちらに気づいた国東が歩み寄ってきた。

「佐宗くん！　ゼロ号来れないかもって云ってたのに来てくれたんだ」

「国東さん、お疲れさまです。友達に早く見てもらいたくて、頑張って調整しました」

邪魔にならないように後ろで控えていようと思っていたのに、早速佐宗に話を振られて戸惑ってしまう。

「へえ、ずいぶん若い友達だね。どこの事務所の子？　カッコいいね！　ちょっと小柄だけどいい体してるし、今度、オーディション受けてみない？」

「いえ、俺は――」

この場のノリの発言だろうが、どう返すのが正解なのかわからない。

「彼は一般人ですよ。この間のプレミアイベントで僕のことを助けてくれた恩人です」

「ああ、あのお姫さま抱っこの彼か！　あれはいい絵だったねえ」

「はあ、どうも……」

あの写真はすっかり有名になってしまっているらしい。顔が映らない角度だったことだけが不幸中の幸いだ。

「君さ、カメラ映えもするし、本気で役者の道を考えてみない？」

「えっ、いやいや、俺みたいな素人には無理ですよ」

「最初はみんな素人だよ。ただ立ってるだけで目を引くのは才能だと思うけどねえ」

「そうそう、椎名くんは姿勢がいいから立ち姿が綺麗だろ？　僕も初めて会ったときに目を引かれたよ」

「佐宗くんのお墨付きなんてますます興味が出てきたな」

「素人を揶揄うのはやめてください」

大智が困り果てている様子に、佐宗と国東は声を立てて笑う。

「ごめんごめん。でも、揶揄ったわけじゃないんだけどな」

「まあ、とにかく考えてみてよ。その気になったら連絡して」

「は、はい」

国東が差し出してきた名刺を断るわけにもいかず、丁重に受け取った。

警備の仕事は天職だと思っている。アルバイト以外で他の仕事をする気になることはないと思うが、こんなふうに誘ってもらえること自体は気恥ずかしくも嬉しかった。

「そろそろ中に入ろうか」

「わかりました」

試写室へ入ろうとしたところ、若いスタッフが申し訳なさそうに佐宗に声をかけてきた。

「佐宗さん、すみません。ＳＮＳのキャンペーン用のプレゼントとしてポスターにサイン入れてもらいたいんですけど、ちょっとだけいまいいですか？」

「いいよ。椎名くん、ごめん。ちょっと待ってて。サインしたら、すぐ戻ってくるから」

「わかりました」

国東には先に行ってもらい、大智はロビーで待つことにした。

「……っ」

どんっ、と不意に肩に衝撃を受けて振り返ると、眼鏡をかけた神経質そうな男が蹈鞴(たたら)を踏んでいた。

ギプスが外れたばかりとは云え、軽くぶつかられた程度で揺らぐような体幹はしていない。

「くそっ」

「すみません、大丈夫でしたか？」

彼は確か助監督の合川だ。大智にぶつかった弾みでバランスを崩したのだろう。支えようと差し出した手を、勢いよくはねつけられた。

「君さあ、上手くやったよね」

「え？」

脈絡のない発言に首を傾げる。体勢を立て直した合川は、苛々(いらいら)とした様子で大智に値踏みするような視線を向けてきた。

「あの佐宗くんに取り入るなんてどうやったの？　ただの一般人のくせに試写にまでついてくるなんて、ずいぶんいい度胸してるよね」

ストレートな嫌みを云われ、大智は反射的に身構えた。合川は佐宗に連れてこられた大智の存在が気に食わないらしい。もしかしたら、さっきもわざとぶつかってきたのかもしれない。

（こういうときはどうしたらいいんだろう……）

自分一人の問題なら、無視するか反論するかしただろう。しかし、ここは佐宗のテリトリーだ。上手く事を収めなければ、彼に迷惑がかかってしまう。

「君、さっきの監督の言葉を本気にしてないよね？　ああいうリップサービスを真に受けて調子に乗るやつが多いんだよな」

「はあ」

あまり表情が顔に出ないせいで、不遜(ふそん)な態度に見えたのだろうか。

「佐宗くんの友人面(ゆうじんづら)してるけど、彼と釣り合ってると思ってる？　彼が優しくしてくれるからって、自分が同じレベルにいると勘違いしないほうがいいよ」

「それは――」

指摘されなくても、自分自身が一番よく理解している。偽装結婚の『計画』がなければ、佐宗のような人物とプライベートで言葉を交わす機会なんてなかったのだから。

「無関係のくせに試写にのこのこついてくるなんて図々しいにも程があるでしょ。君、もっと自分をわきまえたほうがいいんじゃない？　大体さ――」

合川の気持ちもわからなくはない。彼の発言の根本にあるのは嫉妬だ。

佐宗に対して好意を抱いているからこそ、突然タレントでもない一般人の大智が親しい友人として連れてこられたのを見て苛立ちを覚えたのだろう。

「それはどういう意味ですか？」

反論もできずにただ黙って合川の云うことを聞いていると、鋭く冷ややかな言葉が割って入ってきた。

「!?　さ、佐宗くん、いや、これはその……」

見ると、合川の背後に氷のような表情の佐宗が立っていた。合川は青い顔で振り返り、しどろもどろになっている。

「いま、椎名くんにずいぶん失礼なことを云ってましたね」

「いや、ほら、世界が違うとすれ違いもあったりするし、色々気をつけたほうがいいって教えてあげようと――」

「余計なお世話です。合川さん、僕のプライベートに口を出すのはやめてもらえますか？　椎名くんは僕の大事な友人なんです」

大智の知る限り、佐宗は常に感情が安定した穏やかな人物だ。苛立ったり機嫌を損ねたところをま

GUEST
PASS

だ見たことがなかった。

（プライベートでもこんな顔するんだ……）

映像の中でしか見たことのない鋭い表情に、思わず見入ってしまう。

「へ、へえ、そうなんだ……」

「椎名くん、行こう」

「……っ」

佐宗に手首を摑まれてぐいぐいと引っ張っていかれる。後ろを振り返ると、呆然とした表情の合川がその場に立ちつくしていた。

試写室は五十席ほどの広さだった。座っているのは二十人くらいだろうか。佐宗に連れられ、最後列の真ん中の席に落ち着いた。

「一人にしたせいで不愉快な思いをさせてごめん。ずっと一緒にいればよかった」

「もうあの人に会うこともないと思いますし、気にしないでください。慣れてますから」

「慣れてるなんて云うもんじゃない。君が君自身を粗末にするようなことを云ったら怒るぞ。君の唯一悪いところだ」

「……すみません」

佐宗に叱られ、自分を下げる発言が習い性になっていたことに気がついた。

「あとで正式に抗議をしておくよ」

「いや、そこまでしなくても」

「あんな失礼なことを云われて許せるなんて、本当に椎名くんは人がいいな。彼を庇わなくたっていいんだよ」

「許すとか許さないではなく――あの人の気持ちもわからなくはないので。どこの馬の骨ともわからない人間が、いきなり佐宗さんの隣にいたら嫉妬してもおかしくはないですよ」

それに彼のような思いの強いタイプは逆恨みをしかねない。あまり追い詰めると過剰な反応を見せる可能性がある。

「だとしても、無礼を働いていい理由にはならない。僕は僕の友人を悪く云うような人間は許さない」

「ありがとうございます。佐宗さんのその気持ちだけで十分ですし、俺は大事な友人って云ってもらえてすごく嬉しかったです」

佐宗が自分のために本気で怒ってくれているのが伝わってくる。契約で繋がった関係だが、心から友人であると思ってくれている気がして嬉しかったのだ。

「――椎名くんは素(す)で殺し文句を云うから困るな」

一瞬押し黙った佐宗は複雑な表情で口元を押さえた。

「え？」

（俺、何か困るようなことでも云ったか？）

大智が佐宗の言葉の意味を問おうとしたところで、プロデューサーの挨拶が始まってしまった。

「本日はお忙しい中、お集まりいただき――」

この映画にかける意気込みや俳優や制作陣への感謝を熱弁している。やがて場内は暗くなり、もやもやしたままの大智を残して映画が始まった。

9

佐宗のミニローバーの助手席に乗り込んでからも、まだ映画の余韻が残っていた。寂しさの混じった幸福感に胸が詰まっている。

「今日は試写会につき合ってくれてありがとう」

「いいえ、こちらこそありがとうございました。すごく面白かったです。意外な結末でしたけど、ああいう選択も彼らしくて納得いきました」

言葉にすると陳腐な感想しか出てこないのが悔しい。

今日見た映画は、これまで佐宗が出演してきたヒット作とは毛色の違う淡々としたストーリーのやや地味な作品だった。

だが、演じている佐宗によって主人公の感情が丁寧に描かれ、気づいたらどっぷりと感情移入していた。

（冒頭は集中できなかったけど……）

暗転する前の佐宗の言葉が気になってしまい、最初のうちは映画どころではなかった。考えても仕方がないと諦め、内容に意識を向けたけれど、未だに少し引っかかっている。

「実はあのラスト、撮影中に監督と話し合って結末を変えたんだ」

「そうだったんですか」

「元のラストだと逆の選択肢を選んでたんだけど、彼ならその道は選ばないんじゃないかと思ってね。少し不安だったんだけど、椎名くんに彼らしいって云ってもらえてほっとしたよ」

「俺の感想なんて参考になるかどうか……。でも、現場で話が変わることもあるんですね」

「監督が脚本も書いてるオリジナルの作品だからできたことだけどね。原作つきのものは、原作の世界観を大事にすることが一番重要だから」

それにしても、映画を見たあとに主演俳優から直接裏話を聞けるなんて何て贅沢なのだろう。

「椎名くん、けっこう泣いてたね」

「……見てたんですか」

佐宗の抑制された悲しみの演技に共感し、まるで自分のことのように心臓が握りしめられて痛くなった。

場内が明るくなる前に涙を拭っておいたから、バレていないと思っていたのに。

「こっそりね。ハンカチ渡そうかと思ったけど、邪魔したくなくて気づかないふりをしてた」

「余計気まずいです」

最後のほうはボロボロ泣いていたのを見られていたとわかり、恥ずかしさに顔が熱くなる。

「椎名くんはああいうヒューマンドラマ系が好きなの？」

「ジャンルにこだわりはありません。というか、いままでドラマとか映画とかはほとんど見たことがなかったので、まだ自分がどんな話が好きなのかよくわからないんです」

そんな大智も、いまや佐宗のにわかファンだ。これまで趣味を持つ暇もなかった自分が、何かに──一人の俳優に夢中になる日が来るなんて思いもしなかった。

「え、本当にテレビがないの？」

「ウチにはテレビがないので。あってもあまり見る暇もありませんでしたし」

大智がバイトに行っている間、父親がテレビを見ながら酒を飲んでいたことも敬遠していた理由だ。見たくても見られない状況をごまかすために、テレビなんて下らないと自分に云い聞かせていた部分もある。

「前は映画やドラマに対して斜に構えていたところもあったんです。架空の誰かの話をただ黙って見ているなんて、お金と時間の無駄だって思ってました。だけど、佐宗さんの出てる作品を見て、その考えが間違いだったと気づきました」

感動して泣いたり、楽しくて笑ったり──自分にもあれほどに豊かな感情があったのかと驚かされたものだ。

「そんなふうに感じてもらえてすごく嬉しいよ。エンターテインメントは生きていくための必需品ではないけど、支えになれる瞬間が確かにあると思うんだ」

「何かわかる気がします」

共感したり、スカッとしたり、エールをもらったり。行き場のない感情の出口を示してくれる、そんな瞬間がフィクションにはあるようだ。

「僕だって小さい頃は物語の中に逃避して過ごすことが多かったしね。だから役者になりたいと思ったのかもな」

佐宗がしみじみと呟くと同時に、静かに車が停まる。

どうしたのだろうと思って窓の外に目をやると、自宅アパート近くの人通りのないコインパーキングの前だった。

二人で話をしていると本当にあっという間に時間が経ってしまう。こんな感覚は、大智にとっては初めてのことだった。

「もっと話をしたかったたんだけど、残念」

「俺もです。今日もありがとうございました」

「どういたしまして」

何となく別れがたくて、車からなかなか降りられない。佐宗からも同じ名残惜しさのようなものを感じるが、大智はこういうときどう振る舞えばいいかわからなかった。

「どうかした？」

「あの……いえ、何でもないです」

「何か云いたいことがあったんじゃないの？」

「すみません、大したことではないので」

もっと一緒にいたいなんて、恥ずかしくて云えるわけがない。

「本当に？　僕としては、そろそろコーヒーでも飲んでく？　って誘って欲しいところなんだけどな」

「え？」

「椎名くんからの招待なら、いつでも大歓迎だよ」

「あ、いや、でも、ウチは部屋も狭いですし、何もないので佐宗さんには居心地がよくないと思いますよ。コーヒーもインスタントしかないですし……」

「部屋の広さなんて気にしないよ」

自分のアパートに人気俳優の佐宗がいる光景を想像するだけでシュールだ。しかし、恋人の演技を徹底するためには必要なことなのかもしれない。

「わかりました。でしたら……」

車はコインパーキングに入れてもらい、佐宗をアパートへ案内することにした。

「本当にものすごく狭くて何もないんですが、ど、どうぞ」

緊張しながら、自室に佐宗を招き入れる。

「おじゃまします」

佐宗は狭い玄関で靴を揃えてから部屋に上がった。

1Kのアパートは、玄関のすぐ横にシンクとコンロがあり、台所は磨りガラスの引き戸で仕切られている。

七畳の部屋にあるのはベッドと食事をするためのローテーブル、仕事の資料を並べてあるカラーボックスだけだ。テレビもなければ、ソファもない。

押し入れは段を取り除かれ、バーを設置されただけのクローゼットとなっているが、洋服も最低限着回せる程度しか持っていない。

「本当だ、何もないね」

佐宗の素直な感想に恥ずかしくなってくる。やはり、今日のところは断ればよかった。散らかるほど物がないことだけが幸いだった。

「帰ってきても寝るだけなので……。すみません、やっぱり人を招く部屋ではないですよね」

「そんなことないよ。すっきりしてて落ち着く」

「そうですか？　なら、よかったです。あ、ソファとかないのでベッドに座ってください。コーヒーを淹れてきますね」

何の変哲もない部屋なのに、彼がいるだけで映画のワンシーンのように見えるから不思議だ。瞬き一つで物語が始まりそうな気配がする。

（……ちょっと待てよ）

落ち着かない気持ちでお湯が沸くのを待っていた大智は、人目のないところで二人きりになるのはこれが初めてだということに気がついた。

さっきとはまた違った緊張感が押し寄せてくる。ドッ、ドッと心臓の音が俄に大きくなった。

大智も誰かに見られているときなら、なすべき務めとしてスイッチを入れることができる。けれど、完全にオフのときは気持ちの置きどころがわからない。

沸いたお湯をインスタントコーヒーを入れたマグカップに注ぎ、緊張に震える手でスプーンを混ぜる。

「……お待たせしました」

「ありがとう」

佐宗は大智が淹れたコーヒーを嬉しそうに受け取った。

「口に合うかわかりませんけど……」

「椎名くんが淹れてくれたんだから美味しいに決まってるよ」

「……っ」

いちいち口説き文句を混ぜるのはやめて欲しい。素で云っているのかもしれないが、余計に罪深い。

「…………」

「…………」

大智だけ畳に座るのも妙な感じがするため、ベッドの縁に座る佐宗の隣に腰を下ろすことにした。

誰も部屋に招いたことのない大智には、何をしたらいいかわからなかった。

（タブレットで動画でも見たらいいのか？　けど、いまさら不自然か……）

並んで座り、黙ってコーヒーを啜る。こんなとき、テレビがあったら間を持たせたり無難な話題を振ったりできるのだろうが、生憎この部屋には置いてない。

「好きな子の部屋に来るのって、こんなに緊張するんだね」

「……っ」

はにかむような笑顔を向けられ、胸を撃ち抜かれる。一瞬真に受けてしまったけれど、はたと二人のルールを思い出す。

――どんなときもお互いを好きだという前提で行動すること。

役柄に没入するタイプだという佐宗の演技は完璧だ。彼の振るまいに引っ張られ、本当に恋をしているかのような錯覚を覚えてしまう。

これは演技だ、と呪文のように繰り返し自分に云い聞かせなければ、うっかり本気になってしまいそうで怖い。

「こういうときに、男は虎視眈々と次のステップへのきっかけを探すんだろうな」

「……そうかもしれませんね」

佐宗への相槌が完全に棒読みだ。

二人きりの空間に、手を伸ばせばすぐに触れられる距離。腰を下ろしているのはベッドとなると、そういうムードになるのも無理はない。

「誰も見てないし、試しに手でも繫いでみる？」

「え？」

耳元で小声で囁かれ、ドキリとする。

「スキンシップの練習」

返事をする間もなく、膝の上に置いた手の甲を指でなぞられた。

「……!!」

大智は心の中で声にならない悲鳴を上げた。

これで手を握られるのは二度目だが、必要以上に緊張している自分がいる。触れられているところが熱い。手の甲に感じる温度に、鼓動が速くなっていく。

「無理そう？」

「す、少しだけなら」

声が引っくり返っている。練習が必要なのは、この動揺ぶりからも明らかだ。

「じゃあ、僕のほう向いてくれる？」

「はい」

震える手でローテーブルにマグカップを置き、指示に従って佐宗のほうへと体を向ける。いますぐ走って逃げ出したい気持ちに駆られたけれど、ぐっと耐えた。

「まずは手を繋ぐだけだよ」

「はい」

緊張で手のひらにじわじわと汗を掻いてきた。服で両手を擦ってから、佐宗へと差し出した。

「そんな硬くならないで。武道の稽古じゃないんだから」

くすくすという笑い声が鼓膜を擽る。むず痒さに肩を竦めているとまずは両手で握手をするように包み込まれた。

（うわ）

手の甲に伝わる少し低い体温と柔らかさに小さく息を呑む。それから佐宗は、大智の指の一本一本の形を確かめるように優しく撫でてきた。

擽ったさと居たたまれなさに身の置き場がない。黙っているのも気まずくて、云い訳めいたことを口走る。

「その、すみません、触り心地よくないですよね」

佐宗のすべすべの肌とは違い、大智の手は硬質化して皮膚が厚くなっている。ささくれもできているし、爪だって短く切り揃えただけだ。

「どうして謝るの？　真面目に働いて鍛えてる証拠だろ。僕は椎名くんの手、好きだな」

「……っ」

好き、という言葉に鼓動が跳ねる。

手が好きだと云われただけであって、佐宗に他意はないとわかっている。それでもドキドキしてしまう。

「椎名くんの手は温かいね」

「体温が高いからだと思います。あの、手汗が……」

「そんなの気にしなくていいよ。僕だって緊張してる」

「佐宗さんが？　こういうこと慣れてるんじゃないですか？」

「どんなに経験があってもこういうことには慣れないよ。いつだってドキドキする。ほら」

「……！」

佐宗は大智の手を自分の左胸に押し当ててきた。手のひらから、トクトクと早鐘を打つ鼓動が伝わってくる。緊張しているのは自分だけではないのだとわかり、ほんの少し肩の荷が下りた。

「よし、次は恋人繋ぎ」

「！」

指と指の隙間にするりと佐宗の指が入ってくる。

「もっと自然に絡めて」

「自然に……」

何が自然で何が不自然なのか、もう判断がつかない。

「椎名くんはどんなトレーニングをしてるの？　空手とか柔道とか？」

「警察で導入されている逮捕術という術技の指導を受けています。できるだけ相手を無傷で制圧するためのものです」

「そうか。この手は誰かを攻撃するんじゃなくて、守るための手なんだね」

「……っ」

愛おしそうに撫でられ、また体温が上がったような気がする。

「触れられるのは慣れてきた？」

「そうですね、少しは……」

最初はおっかなびっくりだったけれど、瞬間的に血液が沸騰しそうな感覚は薄れてきた。演技指導というより、まるで恋愛の手解きを受けている気分だ。

「じゃあ、今度は椎名くんからも僕に触ってみて」

「えっ!?」

「好きにしていいから」

そう云われると余計に触りづらくなってしまう。しかし、この課題をクリアしなくては先には進めない。手相を見るように佐宗の手のひらを上に向けてみた。

野球のグローブのように厚みがあって指の節(ふし)が太い大智とは違い、佐宗の手は薄くてすらりと指が長い。爪は綺麗に整えられ、ささくれ一つない美しい手だった。

その上に自分の手をそっと重ねてみる。

「……俺より大きいんですね」

「小さい頃、母親の薦めでピアノを習ってたからかな」

「もうやってないんですか？」

「塾に通い始めてからは時間がなくてすぐに辞めたから。でも、いまでも自己流で練習してる」

「一度聴いてみたいです」

「自信があるのは『ねこふんじゃった』くらいだけどそれでいい？」

「佐宗さんの『ねこふんじゃった』なんて逆に貴重ですね」

この長くて綺麗な指がコミカルなあの曲を弾いているところを想像すると、何だか微笑ましい。

「ハグしてみてもいいかな」

「えっ!?」

唐突な問いかけに、思わず大きな声が出てしまった。

（ハグって抱きしめられることだよな……？）

今日は手を繋ぐだけだと思って油断していた。しかし、抱き合わない恋人同士など世の中にはほぼ存在しないだろうことを考えると、これも乗り越えておかなくてはならない課題の一つだ。

「やっぱり、男に抱きしめられるのは気持ち悪い？」

「いえ、そんな！　あまりそういうことをしたことがないので……」

あまりと云ったのは見栄だ。

誰かに抱きしめられた記憶は、小学生の低学年が最後だと思う。何か悲しいことがあり、母の腕の中で慰められた覚えがある。

「じゃあ、やっぱり慣れておこう。海外じゃ挨拶みたいなものだし、身構えることないよ」

「で、ですよね」

ハリウッドスターなどの来日で警備につくこともあるけれど、彼らは気安くお互い抱き合っている。特別なことだと思うから余計に意識してしまうのだ。

「じゃあ、いくよ」

「……どうぞ」

好きにしてくれと云わんばかりに腕を大きく広げた。

抱きしめられる前から、心臓が口から飛び出そうなほどうるさく鳴っている。まっすぐ見つめてくる佐宗の眼差しは、大智を余計に緊張させる。

「嫌だったらすぐに云ってね」

まるで宝物を抱くような優しさで、ふわりと抱きしめられる。

（うわ――）

プレミアイベントで黄色い悲鳴を上げていたファンたちの気持ちが、いまはものすごくよく理解できる。

まれにああいったイベントで憧れの人と目が合っただけで失神してしまう女性もいるが、大智も気を抜くと意識を失ってしまいそうだった。

「椎名くんも背中に腕を回して」

「俺から⁉」

「恋人なんだからお互いに抱き合わなきゃ」

「そ、そうでした……。ええと、こうでいいですか……？」

指示されたとおり、おずおずと背中に手を伸ばしてそっと添える。触れてみた佐宗の体は思っていた以上に逞しかった。とくに広背筋の張りは理想的だ。

「うん、いいね。できたら、体の力を抜いて身を任せてみてくれる？　そうすると、もっと距離が近くなるから」

「頑張ります」

稽古の前後に行う精神統一のやり方で力を抜いてみる。深く息を吸って、吐く。何度か繰り返すとガチガチだった体から少し力が抜けた。

「そうそう、上手だね」

佐宗は力が抜けたタイミングを逃さず、大智を抱きしめる腕に力を入れる。まるで隣り合うパズルのピースのように体が密着した。

「……っ」

首筋に顔を埋められ吐息が触れた瞬間、少女のような悲鳴を上げそうになったのをすんでのところで堪えることができた。

安心感があるなどと生温いことを考えていたけれど、手加減されていただけだったようだ。毎回こんな責め苦に耐えている佐宗の相手役の女優に畏敬(いけい)の念を抱いてしまう。

「心臓の音すごいね」

「すみません、慣れてなくて……」

慣れの問題ではすまないくらい、大智の心臓は暴走していた。

「ドキドキしてくれてるほうがリアルでいい。何とも思ってない相手なら何の反応もないだろう？この感覚を覚えておくと演技プランに活かせるはずだから」

「なるほど……」

実際に覚えた感情を演技に反映させると、よりリアルになるということだろう。

素人の大智に本格的な芝居は期待されていないだろうが、参考にできることはできるだけ導入しておきたい。

「ねえ、椎名くんはいい匂いがするけど、何かつけてる？」

「いえ、何も」

大智が使っている日用品で匂いのするものは石鹸(せっけん)やシャンプーくらいだ。むしろ今日はまだシャワーを浴びていないため、汗臭いのではと心配になる。

「お日さまの匂いがする。どっちかっていうと春の日向かな」

「洗濯物は外干ししてるので、そのせいかも。むしろ、佐宗さんのほうがいい匂いがします」

匂いに言及されて、大智も佐宗の纏う香りがいつもと違うことに気がついた。

普段の香りも大人な雰囲気で似合っているけれど、この柑橘に似たすっきりとした爽やかな香りも佐宗のイメージに合っている。

「この匂い好き？　今日はスポンサーにもらった新しい香水をつけてみたんだけど、椎名くんが気に入ったならこれに変えようかな」

「えっ、そんな簡単に変えていいんですか？　俺の意見なんて気にしないでください」

「気にするよ。椎名くんが好きになってくれる要素があるなら、使わない手はないでしょ？」

「そんなの――」

とっくに好きになってる、と云いかけた自分に気づいて言葉を呑んだ。

（いま、俺は何を云おうと……）

人も好く、好青年な佐宗には当然好感を抱いている。だけど、いま脳裏に浮かんだ『好き』の意味はそこから逸脱したものではなかっただろうか。

「どうしたの？」

佐宗は急に黙り込んだ大智を心配し、気遣わしげに顔を覗き込んでくる。

「いえ、何でもないです」

「本当に？　気分が悪くなったんじゃないの？」

「全然そんなことは！　少しぼんやりしてただけです」

「慣れないことして気疲れしたのかもね。よし、今日はここまでにしておこう」

「えっ、おしまいですか？」

思わず訊き返してしまった。触れ合っている最中はいまにも死んでしまいそうなほどだったのに、終わりだと云われた瞬間、名残惜しさを感じてしまった。

「もっと先までしたかった？」

「そ、そういうわけでは……！」

少し意地の悪い質問に、大智は真っ赤になった。即座に否定したけれど、佐宗にくすりと笑われ余計に恥ずかしくなる。

「焦らないでいこう。性急すぎると不自然になりかねないからね」

「はあ……」

そっと離された体が喪失感を覚えている。心臓が壊れてしまいそうなほど高鳴ってはいたけれど、不思議な安堵も感じていた。

「次は僕の部屋に招待させてくれる？　掃除しておくから」

「はい、是非」

返事をしてから、前のめりすぎただろうかと反省する。これまでろくな友達づき合いというものをしてこなかったため、距離感やタイミングがよくわからない。

「長居しちゃってごめんね。コーヒーごちそうさま」

「ちょっと待ってください。あの、車のところまで送ります」

スマートに帰ろうとする佐宗を慌てて呼び止める。この辺は外灯が少なく、たまに不審者情報もある。一人で車のところまで行かせるのは少し心配だった。

「大丈夫だよ、女の子じゃないんだから。それに僕を送ったら、椎名くんが一人で戻ることになるでしょ」

「前から思ってましたけど、佐宗さん、俺の職業を忘れてませんか？」

いまは現場から離れているとは云え、体を張って対象者を警護するのが大智の仕事だ。

「わかってるけど、こういうときは最後までカッコつけさせてよ。それじゃ、おやすみ」

「……おやすみなさい」

熱に浮かされた状態のまま、佐宗を見送る。玄関のドアがカチリと閉まった瞬間、色んな感情がどっと押し寄せてきた。舞い上がるような高揚感の中に羞恥(しゅうち)と後悔が入り交じる。

(俺、変なこと云ってなかったか？)

熱に浮かされていたせいで、あまり自分の発言を覚えていない。ベッドにダイブして枕に顔を押しつけ、叫び出したい気持ちを必死に呑み込んだ。

10

「前髪は少し下ろしたほうがよくないか？」

「確かにそのほうが可愛いね」

「…………」

　まさか、この短期間に自分の部屋を二度も他人が訪れるなんて想像もしていなかった。七畳の自室に男三人はさすがに窮屈だ。

　いま、大智はまな板の上の鯉よろしく、佐宗と有馬に髪や眉を弄（いじ）られている。こうして彼らに身支度を手伝ってもらっているのには訳がある。

　これから、佐宗に伴われて佐宗家で催される彼の祖母の誕生日会に出向くからだ。毎年、親族や親しい縁者を本家に呼び、内々の祝いの席を設けているらしい。

（内々って云っても親戚まで呼ぶのは凄いよな……）

　同僚との飲みの席で誕生日が近い人を祝って乾杯することはあるけれど、改まった誕生日会というものは初めてだ。

　今日はある意味本番とも云える。佐宗の婚約者として親族に紹介される予定のため、少しでもそれらしく見えるようにプロデュースしてもらっているというわけだ。

大智がいま身に着けているスーツは、佐宗がこの日のために買い揃えた一級品だ。ワイシャツとネクタイは有馬が事務所にある衣装の中から借りてきてくれた。

「よし、完璧」

大智のヘアセットを終えた有馬はあらゆる角度から仕上がりを確認したあと、そう結論づけた。

「あ、ちょっと待って」

佐宗がポケットから出した香水を大智の頭上に吹きつけると、ふわりといい匂いが降りてきた。いま彼が身に着けているものと同じ香りだ。

「お揃いの香りだとラブラブっぽいだろ？」

「ラブラブって死語じゃないか？」

「そうかな？　じゃあ、熱々？」

「週刊誌の見出しか」

佐宗と有馬が軽口を叩き合っている間、大智は一人鏡の中を覗き込んでいた。眉と髪を整えるだけでこんなに垢抜けるものかと、驚きを隠せない。

「な、何ですか？」

顔を上げた大智は、佐宗がしげしげと自分を見つめていることに気がついた。

「カッコいいなあと思って。やっぱり、椎名くんは体がしっかりしてるからスーツが似合うね。仕立てより中身だな」

「確かに。俺のスタイリングの腕もなかなかだけど、やはり素材のよさが物を云うね」

着替えをすませた大智を佐宗と有馬は満足そうに眺めている。二人が口々に褒めそやすせいで、何だか身の置き場がない。

警備の仕事のときもネクタイを締めることがないため、首回りの窮屈さも落ち着かない一因だろう。

「本当に変じゃないですか？」

「全然！　むしろ惚れ直したよ。せっかくだから写真撮ってもいい？」

佐宗は楽しそうな様子で、胸元からスマホを取り出した。やっぱり絵になるな、と云いながら様々な角度で大智を写している。

「司、お前その写真でよからぬことは考えてないだろうな」

「そんなこと、ちょっとしか考えてない」

「自重しろ」

有馬の云うよからぬことが何なのかよくわからなかったが、彼らのやり取りは口を挟む隙がなく訊ねるタイミングを逃してしまった。

「あー、本当にカッコいいな」

「椎名さん、本当にウチのタレントになりませんか？　アクションができる俳優が手薄なので、椎名さんのような方に入っていただけるとありがたいんですが」

「えっ、何云ってるんですか！　俺なんかに役者は無理ですよ」

職業上、周りを威圧しながら立っていることには慣れている。その態度が幾分見栄えがするだけだろう。

「椎名くん、有馬さんはお世辞は云わないタイプだよ？」

「一言イエスと云ってくれれば、確実にスターにしてみせます」

有馬の目は本気だ。もの凄い自信だ。こんなふうに口説かれていたら、いつか首を縦に振ってしまいそうで怖い。

「あの、ええと、お気持ちだけいただいておきます……」

困り果てていたら、佐宗から助け船が出た。

「有馬さん、椎名くんが困ってるからその辺にしておいて。余談はさておき、今日の流れを確認しておこうか」

「はい、お願いします」

リハーサルなしのぶっつけ本番のようなものだが、ある程度のタイムラインや参加者の情報は頭に入れておきたい。

「今日の主役は祖母だから、来るのは親戚一同と祖母の親しい友人くらいだね」

「全部で何人くらいなんですか？」

規模がわかれば、心の準備もしやすくなる。大智の問いに、佐宗は指折り数えていく。

「内輪のパーティだから少なめだよ。そうだな、父、伯父、従兄弟たちに再従兄弟（はとこ）……せいぜい四十人くらいかな」

少なくないということだけ理解した。母親とも疎遠である大智にとって、親族が大勢集まることなど別世界のできごとでしかない。

「佐宗さんのお祖母さまはどんな方なんですか？」

「そうだな、一言で云えば女帝。現在、表向きは伯父が佐宗家の当主だけど、実質的にはいまも祖母が家を牛耳ってる。一人娘で亡き祖父も入り婿だったし、いつまでもお姫さま気分な人なんだ」

佐宗の曾祖父も祖父も、かなりの大物政治家だ。実際、お姫さまのような生活を送ってきただろうことは想像に難くない。

「そのお祖母さまに佐宗さんの味方になってもらうことはできないんですか？」

「どうだろうな。祖母が何よりも大事なのは、自分と佐宗家の面子だからね。僕が黙って役者の道を選んだときは佐宗家の敷居は一生跨がせないって云って大変だった」

「えっ、今日出向いて大丈夫なんですか!?」

「うん、最近は向こうから連絡来るから。仕事が増えてきてからは態度が軟化してきて、ちょくちょく都合よく呼び出されてる。友達に自慢するために舞台のチケットを何枚も無心されたりね」

「佐宗さんくらい人気だったら、普通は自慢の孫ですからね」

彼の活躍の場は日本だけではなく、人気も世界的なものだ。映画賞も取っているし、著名な映画監督からオファーも受けていると云っていた。

「それでも、祖母にとっても僕の役者の仕事は一時的なものでしかないと思う。そもそも、伯父の地盤を僕に継がせたいと思ってるのは恐らく祖母なんだ。そこに乗っかるために伯父は自分の娘、つまり僕の従姉妹(いとこ)と結婚させようとしてるんだと思う」

「ちょっと待ってください。その計画だと佐宗さんのお父さまに利はないのでは？」

結局、病院の跡継ぎはいないままだ。

「父はもう僕に継がせる気はないらしい。その代わり、僕に子供を作らせて、その子を自分の手で育て直すんだってさ。伯父とはすでに一人目の男の子は父の養子にする約束を取り交わしてるって」

「そんな、身勝手すぎます……！」

佐宗の結婚相手を勝手に決めるだけでなく、生まれるかどうかもわからない子供の未来まで、自分たちの都合のいいようにするつもりだなんて酷すぎる。

「あの人たちは人のことを意志のない手駒としか思ってないんだよね」

「従姉妹の女性は、そのことについてどう思ってるんですか？」

「さあ、どうだろ。彼女とは祖父の葬式以来、十数年顔を合わせてないからな。小さいときは僕のことをイジメてたし、喜んではいないと思うけど」

いまの時代、親の命に従って好きでもない相手と結婚したい人間がいるとは思えない。いっそ味方にできれば心強いのだが。

「というわけで、僕の結婚に関しては父や伯父も今日何かしらの行動に出てくると思う。お祖母さまの友人は各界の重鎮ばかりだから、彼らのいる席で僕の婚約を発表することによって、暗に僕が伯父の後継者となる決意をしたことを匂わせるつもりなんだ。もしかしたら、スクープの手筈もすんでるかもね」

「その場で佐宗さんに否定されることを考えてないんですか？」

口を封じられているわけではないのだから、何もかも出鱈目だと反論することだってできる。

「そうやって外堀を埋めれば、僕が逃げられないだろうと思ってるんだよ。彼らが大事なのは面子だって云っただろう？　自分以外の人間も同じ価値観だと信じてるんだ」

「なるほど……何となくわかります」

大智の父も、家族以外には病的なくらい八方美人だった。困窮しているときも、言葉巧みにおだてられれば外面のために羽振りよく散財していた。

あれは悪意を持って上手く利用されていたのだろうが、本人は全く気づいていなかった。

「だから、僕はそこを逆手に取ろうと思ってね」

婚約発表の場を奪い、彼らに大智の存在を明らかにするということだ。久しぶりに顔を出した佐宗が男の恋人を伴って現れたとなればどんな騒ぎになるだろう。

本人の了承も得ずに婚約を進めようとする旧態依然の名家の面々からは、ものすごい反発があるに違いない。その恐ろしさに、大智は思わず身震いした。

「本家に着いたらまず祖母のご機嫌伺いに行くことになる。その前に親戚たちが話しかけてくるかもしれないけど、その場合は無視するから椎名くんは僕についてきてくれる？　祖母にお祝いを告げたら、その場で君を僕の婚約者だと紹介するつもりだ」

婚約者という単語に胸が高鳴るのは、役柄に没入しかけているからかもしれない。だからこそ、佐宗に対して落ち着かない気持ちを抱いてしまうのだろう。

佐宗の出演作以外の映画も見てみるようになって、気づいたことがある。彼の相手役のときと、そうでないときの演技力に大智のような素人目にもわかるくらい差がある俳優がいるのだ。

恐らく佐宗は、自分の演技に周りを巻き込むタイプなのだろう。だからきっと、この感情は一時的なものなのだ。

「俺から自己紹介をしたほうがいいですか？」

「椎名くんは祖母におめでとうとだけ云ってくれればいい。あとは僕が説明するから、ほどよく相槌(あいづち)を打ってもらえると助かる」

「わかりました。佐宗さんの恋人だと信じてもらえるよう頑張ります」

「信じる信じない以前に、向こうは認める気もないと思うよ。でも、想定内のことだから気にしないで。あの人たちは僕が身勝手なことをするのが気に食わないだけだから。ただ、申し訳ないけど針の筵(むしろ)だと思う。父や伯父も面倒だけど、親戚筋も魑魅魍魎(ちみもうりょう)ばかりだから」

「ちみもうりょう？」

「多分、君がこれまで出逢ったことがない人種だと思うよ。性格の悪さにも種類があるからね。顔見せだけですぐに帰るから、少しだけ我慢してくれ」

不穏な言葉は懸念材料ではあるけれど、悪意に晒されることにはそれなりに慣れている。

「俺のことは心配しないでください。何を云われても大丈夫ですから。仕事でもクレーマー対応もしてましたし、威圧的な借金取りの相手もずっとしてきましたから」

悪父が生きていた頃は、家に借金の取り立てが何度も押しかけてきた。

威嚇が主な手段の高圧的なタイプもいれば、罪悪感を煽り穏やかに追い詰めてくるタイプもいた。

あの頃は子供だったからずいぶん萎縮させられたけれど、いまでは言動の意図がだいぶわかるようになった。

人は他人を責めるとき、自らが云われたくないことを口にする。後ろめたく思っていたり、コンプレックスに感じているからこそ強い言葉を発するときに表れてしまうのかもしれない。

無防備でいれば心を削られるけれど、ある程度は自分をコントロールする術を身に着けた。

「そろそろ出発したほうがいいんじゃないか？」

有馬が腕時計に目を落として云った。

「そうだな、あまり焦らすのもよくないもんね。椎名くん、準備はいい？」

「はい」

「それじゃ、出陣といこうか」

不意に触れた佐宗の指が氷のように冷たくなっていることに気がついた。平気なふりをしているけれど、本当は誰よりも緊張しているのだろう。

「安心してください。佐宗さんのことは俺が守りますから」

矢面（やおもて）に立つことなら慣れているし、大智には佐宗家の呪縛は通じない。

佐宗は一瞬驚いたあと、少しだけ泣きそうな顔になった。

「……ありがとう、頼りにしてる」

11

有馬を最寄り駅まで送ったあと、三十分ほどで目的地に到着した。

「ついたよ、ここが佐宗の本家だ」

門の横に警備派出所が設置されているのは、佐宗の伯父が現在大臣の任についているからだろう。

佐宗は警察官に身分証を見せ、敷地へと車を進ませる。中には二十台ほどのスペースがある駐車場まであった。

「立派なお宅ですね」

仕事で政府要人の警護についたこともあるけれど、格式の高さが段違いだ。じわじわと緊張感が増していく。

「立派なのは外側だけだよ」

うんざりした口調でそう云いながら、佐宗は後部座席から両手で抱えるほど大きな赤い薔薇(ばら)の花束を取り出した。祖母への誕生日プレゼントだそうだ。

花束を抱えた佐宗に、思わず見蕩れてしまう。大輪の薔薇の絢爛(けんらん)さにも負けていない。本当に絵になる人だ。

病室に彼が現れたときのことを思い出した。あのときの衝撃は言葉にならないほどだった。

「――――」

「僕の顔に何かついてる？」

「いえ、花がよく似合うと思って……すみません、変なこと云って」

「そんなことない、嬉しいよ。ありがとう。椎名くんにも似合うと思うな」

「俺は花なんて柄じゃないです」

「そうかな？　君は白百合みたいなイメージがあるけど」

「白百合？」

笑いどころだろうかと思ったけれど、佐宗の顔は真剣だった。

「居住まいの美しさとか高潔なところとか、すっと伸びて上を見てる百合みたいだなって思う」

「か、買いかぶりすぎですよ。俺はそんな大層な人間じゃ……」

真面目に生きてきた自負はあるけれど、他に道がなかっただけだ。それを殊更に褒められるのは居心地が悪い。

「自分のいいところはわかりにくいものだよ。でも、信じて。僕が椎名くんを尊敬してるのは本当だから」

「……ありがとうございます」

インターホンを鳴らして旅館のような玄関に入ると、エプロンをしたふくよかな女性が出迎えてくれた。

「司坊ちゃま！　まあまあ、お元気そうで。よくお顔を見せてください」

「竹本（たけもと）さん、もうその坊ちゃまはやめようよ。パーティはもう始まってるんでしょ？」

「坊ちゃまはいくつになっても坊ちゃまですよ。まあ、お友達もご一緒ですか！　さあさ、大奥さまがお待ちかねですからお庭のほうへ回ってくださいませ」

「了解。行こう、椎名くん。今日はガーデンパーティみたいだ」

　再び外に出て、本格的な日本庭園の小径（こみち）を通る。

「いまの方は？」

「長く佐宗家の手伝いをしてくれてる人だよ。僕が小さい頃はウチにも来てくれてたんだ」

「だから、司坊ちゃまなんですね」

「竹本さんにかかると子供扱いだから困るよ。もうすぐ三十五になるっていうのに」

　不満を口にしつつも声が優しい。彼女への親愛の情を感じる。佐宗にとっては、もう一人の母親のような存在なのかも知れない。

　言葉を交わしながら小径を抜けると、大きな池のある庭園でたくさんのご馳走と綺麗に着飾った人たちが楽しげに歓談していた。

　ローティーンの少年少女たちから老齢の男女まで世代は様々だ。端のほうで退屈そうにグラスを傾けていた一人が、佐宗に気づくなり待ちかねた様子で駆け寄ってきた。

「来たか、司！」

「隆也さん、久しぶりです」

隆也と呼ばれた男性は四十代半ばくらいだろうか。佐宗と眉の感じが似ている。

「母さんが首を長くして待ってるぞ。いつ来るんだって朝からうるさくて」

「本当ですか？　今回はお祝いに伺いますってメールしたら、無理して来なくてもいいって返事が来ましたよ」

「照れ隠しだろ。孫の中じゃお前が一番のお気に入りだからな。ていうか、ボディガードまで連れて、ずいぶんな念の入れようだな」

彼の発言で、自らが無意識に佐宗を守るような位置で控え、全方位を警戒していたことに気がついた。

「いえ、彼は僕の友人です」

「母さんの誕生日に友人を？　何でわざわざ――」

「一人で来るのが怖かったのでつき添ってもらったんですよ。ここに来るのは、十数年ぶりですからね」

「なるほど、彼なら確かに頼りになりそうだ」

「椎名くん、この人は叔父の隆也さん。父さんの年の離れた弟で、僕の兄みたいな人だよ。親族の中で唯一といっていい僕の味方。父さんたちの今日の計画を教えてくれたのは隆也さんなんだ」

「椎名と申します。よろしくお願いします」

佐宗家の中にも味方がいるのだとわかり、大智はほっとした。血縁の中で孤立無援は辛すぎる。

「どうも、佐宗隆也です。司の友人には初めて会ったよ。今日は楽しんでいって」

差し出された手を握り返す。曖昧に微笑んでみたけれど、楽しめるとは到底思えない。

「お祖母さまはどちらに？」

「あそこの四阿（あずまや）だよ。お気に入りのソファを置いて座るって云い張って大変だったんだからな」

「無理を通すのがお祖母さまの大きな楽しみですからね。椎名くん、ちょっとだけつき合ってもらえるかな」

「はい」

佐宗は花束を抱え直し、長い足で大きく一歩踏み出した。彼が木陰から姿を現すと、一気に注目が集まる。彼のオーラは身内にも効果を発揮するらしい。

年若い少女たちの憧れの眼差しの中、佐宗はまっすぐ四阿に用意されたソファでくつろぐ祖母、佐宗貴子（たかこ）の元へと向かっていく。

「ごきげんよう、お祖母さま」

「お久しぶりね、司さん。ずいぶん忙しかったようだけれど、今日は一体どういう風の吹き回しかしら？」

貴子はいま気づいたとばかりにゆっくりと佐宗へ視線を向けた。年齢を感じさせないゴージャスな風貌に、シャンパンゴールドのドレスがよく似合っている。

佐宗の云うように、まさにお姫さまだ。機嫌を取られ、かしずかれるのが当然だと云わんばかりの態度でツンと顎を尖らせている。

「伺いますとメールしたじゃないですか。お祖母さまの傘寿のお祝いですから。スケジュールを調整して駆けつけたんです。赤い薔薇がお好きでしたよね？」

「まあ、嫌いではないわね」

憎まれ口を叩いてはいるけれど、嬉しそうな表情は隠せていない。まんざらでもない様子で花束を受け取り、その腕に抱える。しばらく香りを堪能したあと、使用人を呼びつける。

「誰か、これを生けてテーブルに飾ってちょうだい。そうね、あそこにあるカラーと交換して」

「かしこまりました」

生けられるために運ばれていった薔薇と入れ換えに、二人の男性が近づいてくる。佐宗の父親である佐宗総二と伯父の佐宗康一だ。

（この人が……）

傲慢で不遜な性格が顔に出ているように感じるのは、佐宗を苦しめている人物だという先入観があるせいだろうか。彼らは不機嫌さを隠すことなく、早々に苦言を呈してくる。

「ようやく来たのかね、司くん。お母さんの誕生祝いに遅れるなんて失礼だぞ」

「すみません、道が混んでて」

「そういう事態にも対処できるよう、早めに行動するのが責任ある大人だろう。大体お前は――いや、今日のところはいい。大事な発表があるんだからな」

康一が娘の一人を呼び寄せる。きっと、彼女が佐宗の婚約者として宛てがわれるという従姉妹だろう。

「来なさい、紀華(のりか)」

望まぬ結婚を強(し)いられて、さぞ辛い立場にあるのだろうと思っていたのだが、彼女の佐宗を見つめる眼差しは、意外にも熱っぽい。

(もしかして、好きだから佐宗さんをいじめてたんじゃ……)

そうなると、父親たちの策略は彼女にとっては渡りに船だろう。小さい頃から密かに恋い焦がれ、いまやスターとなった従兄弟は理想の婚約者に違いない。

「司さん、お久しぶ――」

「そうなんです、お祖母さま。実は紹介したい人がいるんです」

佐宗は頬を紅潮させて語りかけてきた紀華の言葉を遮った。

「いまさら誰を紹介するというの？　紀華のことなら、生まれたときから知っているわよ？」

「お母さんのご友人たちに紀華を紹介したいのではないですか？」

「ああ、そうね。それは必要だわ」

康一のフォローに貴子は納得する。発言権を得た佐宗は大智を隣に立たせ、高らかに宣言した。

「こちらは椎名大智くん、先日のイベントで危ないところから僕を助けてくれた恩人で――いまおつき合いさせていただいている方です」

「は？」

佐宗の言葉を聞いて、みな大智の存在に初めて気がついたようだった。一瞬、静まり返ったあと、その場に動揺混じりのざわめきが広がっていく。

「椎名と申します。この度はお誕生日おめでとうございます」

大智は姿勢を正して腰を折り、貴子へ祝いの言葉を告げる。自分からの祝福など受けたくはないかもしれないが、佐宗のパートナーとして無礼な人間だとは思われたくなかった。

「な、な、な……」

貴子はまだ魂が抜けたような顔をしてわなわなと震えている。そんな中、真っ先に我に返ったのは康一だった。

「つ、司くん、つき合ってるっていうのは、その……」

「ええ、恋人です。結婚を前提におつき合いしています」

佐宗は混乱を隠しきれていない康一の確認に泰然（たいぜん）と答える。

「お祖母さま。ずっと隠していましたが、実は僕はゲイなんです。だから、紀華さんに限らず女性と一緒になり、佐宗家の跡継ぎを作ることは期待しないでください」

「ゲイだと!?　ふざけるのもいい加減にしろ！　よりによって、母さんの誕生日に何だ!?」

次いで正気を取り戻した父の総二が爆発した。敷地に響き渡るほどの怒声が佐宗にぶつけられる。

（こんなふうに怒鳴ってたのか……）

直に拳を叩き込まれなくとも、怒声は相手を萎縮させる。人を叱責で威圧するのは一朝一夕にはできない。

恐らく昔から幼い佐宗に対しても、この調子で叱責していたのだろう。込み上げてくる怒りに、大智は拳をキツく握りしめた。

「僕は本気です。お祖母さまの誕生日だからこそ、大事な人を紹介したんです」

激高する総二とは裏腹に、佐宗は飽くまでも穏やかだ。

「ちょ、ちょっと！　私との婚約はどうなるのよ！」

せっかくの晴れ舞台に恥を掻かされた紀華も、憤りで顔を真っ赤にしていた。

「何のことですか？　僕は紀華さんと婚約した事実はありません。そもそもプライベートで会うこともなかったと思いますが」

佐宗に冷静に反論され、不利になった紀華は自らの父親に助けを求めた。

「お父さま！　話はついてるって云ってたじゃない」

「いや、あいつが司のことは俺に任せておけというから……」

「私は隆也に任せたんだ！」

彼らの作戦はお粗末なものだったらしい。大勢の前で公表してしまえば、諾々と云うことを聞くと思っていたのだろう。佐宗をバカにして、甘く見ていたことがよくわかる。

佐宗は面子ばかりを重んじる彼らのやり方を逆手に取ったというわけだ。

「紀華さん、本気で僕と結婚するつもりだったんですか？　小さい頃だって、僕のことを散々いじめてたじゃないですか。子供のときに交わした約束すらないのに」

「そ、そんな昔の話、いまさら持ち出さないでよ！　あんなの子供のお遊びじゃない」

周囲から漏れた笑いは、彼らの子供時代を知る者たちのものだろうか。誰も驚いていないあたり、二人の関係性は周知の事実だったようだ。

「わかったぞ、その男にそそのかされて悪い遊びを覚えたんだな？」

「悪い遊びって……医師としてその差別的な発言は恥ずかしくないんですか？」

佐宗の冷ややかな問いかけに、総二の顔がどんどん赤黒くなっていく。

「貴様、そもそもどこの馬の骨だ？　司も司だ！　佐宗家の人間としてもっとつき合う人間を選べと教えてきただろう！」

佐宗の父が怒りに任せ、赤ワインの入ったグラスを佐宗に投げつけてきた。

「危ない……っ」

大智は咄嗟に佐宗の前に踏み出し、彼の盾になった。繊細なグラスが顔にぶつかり、石畳の上に落ちて粉々に砕け散る。ワインを頭からかぶり、スーツやシャツがぐっしょりと濡れた。

「椎名くん!?」

「佐宗さん、大丈夫でしたか？」

「僕のことなんてどうだっていい！　頬が切れてるじゃないか。早く手当てをしないと」

一瞬、頬に熱いものが走ったように感じたときに切れたようだ。佐宗に差し出されたハンカチで顔を拭き、頬の傷を押さえる。

「この程度の傷、唾でもつけておけば治りますよ」

佐宗の顔に傷がつかなかったことに胸を撫で下ろす。

「ダメだよ、ばい菌が入ったらどうするんだ。——人に怪我を負わせるなんて、あなた本当に医者なんですか？」

父親を振り返って発した声は、怖いくらいに冷ややかだった。

「そ、そいつが勝手に出てきたせいだろう。私は悪くない！」

「相変わらず、謝罪もまともにできないんですね」

「佐宗さん、俺は大丈夫ですから」

侮蔑の眼差しを向けられた父親は、怒りの矛先を大智に向けてきた。

「ああ、そうか、そうやって息子に取り入ったか。男同士で結婚なんぞできるわけがないだろう！」

「あなたのような傲慢で寂しい人間になりたくないからですよ。僕のことを何と云おうと構いませんが、彼のことを侮辱するのは許さない。彼は誠実で優しくて、責任感のある素晴らしい人です。むしろ、僕には勿体ないくらいだ」

佐宗に褒めちぎられると、擽ったい気持ちになる。演技だとわかっていても悪い気はしない。佐宗の言葉に励まされ、大智も勇気を出して彼の手を握った。

「あなた方からすれば俺は佐宗さん――司さんには相応しくないかもしれません。だけど、司さんを大切に思う気持ちは誰にも負けないつもりです」

少なくともここにいる誰よりも、彼の幸せを願っていることは嘘偽りのない事実だ。周囲を見渡しながら、堂々と告げる。

「椎名くん――」

打ち合わせにない言葉に、佐宗は驚いている様子だった。余計なことは云わないでおこうと思っていたけれど、どうしても我慢できなかったのだ。

「今日はお祖母さまにお祝いを伝えたかっただけなので、これで帰ります」

佐宗は握られた手を引き、彼らに背を向ける。

「お、おい、司……っ」

ここにいる全員の視線が、背中に刺さっているのがわかる。握った手がジンジンと疼くように熱かった。さっき通ってきたばかりの小径を二人で戻りながら、大智は佐宗に小声で話しかける。

「さすがの演技でしたね」

大智の言葉に、佐宗は苦笑いを浮かべる。

「いまのはほとんど演技じゃないよ。本気で怒ってただけ。あの人たちは自分がどれほど下劣な人間か自覚がないんだ」

彼らは自分の子供や孫を所有物のように思っている。だからこそ、思い通りに動かないことに驚き、怒りを覚えるのだろう。

「椎名くんもありがとう。あの場でよく機転を利かせてくれたね」

「あれは口から勝手に出ただけです」

大智も演技をしていたわけではない。佐宗を軽んじる彼らに怒りを覚え、啖呵を切ってしまった。

「そんなことより、これで諦めてくれるんでしょうか」

「うーん、それは無理じゃないかな？　だけど、あの人たちの計画の出鼻は挫いておいたから、違う手に出てくるまで少し時間ができたと思う」

「ちょっと待て、司」

庭の外へと繋がる数寄屋門を潜ろうかというところで、追いかけてきた隆也に呼び止められた。

「隆也さん」

「椎名くん、兄さんたちが悪かったね。タオル借りてきたから、これ使って」

「ありがとうございます」

差し出されたタオルを大智は素直に受け取った。ワインのシミは手強い。スーツもシャツも処分しなければならないだろうが、ある程度拭いておけば車のシートを汚さずにすむだろう。

「司、ちょっと二人で話ができないか？」

「小言なら聞きません」

「そう云うなって。五分でいいから」

拝むように懇願する隆也に折れた佐宗は肩を落としてため息をついた。

「五分だけですよ。ごめん、椎名くんは先に車に乗っててくれる？」

「でも」

「大丈夫。すぐ行くから心配しないで」

「……わかりました」

隆也のことは佐宗も信頼しているようだし、心配することはなさそうだ。せいぜい苦言を呈するくらいだろう。

大智は佐宗から車のキーを受け取ると、その場に二人を残して駐車場へと向かった。

（本当に大丈夫かな……）

今日の作戦は思惑どおりに行ったと思う。ちょっとしたハプニングはあったが、効果は絶大だった。だが、今日の一件が彼らを本気にさせ、本当に圧力をかけられることになるのではないかという不安が拭えない。

「…………」

大智は途中で足を止め、引き返すことにした。自分がいたからといって何ができるわけでもないけれど、いてもたってもいられなかった。

彼らの姿を探すと、庭に入ってすぐのところにある喫煙所のような場所にいた。門の陰に身を寄せ、二人の会話に耳をそばだてた。

「さっきのカミングアウトは驚いたよ。まさか、あんな手に出てくるとはね」

「いつまでも隠しておくのはよくないと思ったので。隆也さんにも椎名くんのことを紹介しておきたかったですし」

「母さんが納得する相手を先に見つけてこいと云ったのは俺だけど、なにもゲイのふりまですることないんじゃないか。男の恋人まで用意するなんて冗談にしたってやり過ぎだ」

(やっぱり、偽装を疑われてるな……)

幼い頃から佐宗のことを知っている身内なのだから、信じなくても当然だ。

「僕は嘘はついていませんけど？　隆也さんにも偏見があるんですね。愛する人の性別がそんなに重要ですか？」

「そういう議論をしたいんじゃない。俺にまで演技をしなくていいって云ってるんだ。兄さんたちみたいな堅物の年寄りに偏見がないわけないだろう。敢えて事を荒立てるな。もういい大人なんだから上手く凌いでくれ」

「そうやってお為ごかしでやり過ごしてきたから、あの人たちがあんなふうになったんじゃないんですか？」

「仕方ないだろう。兄さんたちが諭して云うことを聞くようなタイプか？　逆ギレするのがオチだ。だったら、上手く操ってやったほうがいいじゃないか。横暴な人たちだけど、兄さんたちの稼ぎや佐宗の名声でいい思いもしてきただろう？　あの人たちにもいいところはあるんだし、お前にも楽しかった思い出があるだろう？」

隆也は佐宗家の調整役のようだ。彼の苦労も忍ばれるが、だからといって佐宗が犠牲になるべきではない。

「毎日食べさせてくれて、学校に通わせてくれたことは感謝しています。確かに機嫌のいい日は楽しく過ごせたこともあります。だからと云って、父のした仕打ちが帳消しになるわけじゃない」

「司、お前――」

「僕だって幼い頃は顔色を窺って波風を立てないように過ごしてきました。だけど、何も変わらないどころか母さんは死んだ。生きていてよかったと思えたのは、家を出てからですよ」

淡々とした言葉だが、佐宗の本気を感じ取ったのか、隆也は口を噤んだ。

「隆也さんの云いたいことは理解できますし、これまでの助言もありがたかったです。だけど、今回のことに関しては中途半端にしたくない。いつまでもあの人たちに利用される人生は真っ平なんです」

きっぱりと云いきった佐宗は、どこか晴れやかだった。

家族の呪縛から逃れるのは、いくつになっても簡単ではない。端から見れば些細な反抗でも、清水の舞台から飛び降りるくらいの覚悟が必要になる。

「それに――僕は本気で彼を愛してます。この気持ちは隆也さんにだって否定されたくない」

「……っ」

これは演技だ。そうとわかっていても、佐宗の言葉に顔が熱くなる。真に受けているつもりはないのに、心音が煩い。

「本気でって……」

「一目惚れだったんです。でも、直感だけじゃない。友人として過ごしてみて、素晴らしい人だとわかりました。彼と過ごす時間は何にも代えがたい。あんな幸せな気持ち、生まれて初めて知りました」

熱烈な告白の台詞に、心臓に止めを刺された気がした。このまま佐宗の言葉を聞いていたら身が持たない。大智は忍び足でその場を離れ、車の中へと逃げ込んだ。

うるさく鳴り響く鼓動は、早鐘というレベルを超えている。

（本当に佐宗さんはすごいな……）

自分の書いたシナリオのキャラクターに、完全に同化している。誰が聞いても、あれが演技だとは思わないだろう。

「椎名くん、ただいま」

急にドアが開いたことに驚き、心臓が口から飛び出そうになった。

「お、お疲れさまです！」

動揺を押し隠すことができず、声が引っくり返ってしまう。

「五分って云ったのに、かなり待たせちゃってごめんね」

そう云われてみれば、隆也に声をかけられてから優に三十分は超えている。大智が立ち去ったあとも、二人は話し込んでいたらしい。

「あの、大丈夫でしたか……？」

「うん、ちょっと小言を云われただけ。隆也さんも間に挟まれて大変なんだよね。椎名くんも一緒に来てくれてありがとう」

「いえ、これが俺の役目ですから」

「庇ってくれてすごく嬉しかったよ」

「あのときは体が勝手に動いてました。もっと上手く対処できていたらよかったんですけど、余計大事になってしまってすみません」

自分が前に出るのではなく、佐宗を引き寄せていればワインを被ることも頰を切ることもなかったかもしれない。

（もっと冷静にならないとダメだな……）

あの瞬間、大智の頭にも血が上っていた。佐宗の気持ちを欠片も慮る気のない彼らに怒りを覚えていたからだ。

「そういえば、椎名くん顔赤いな。気分が悪い？」

「いえ、これは……」

二人の会話を立ち聞きし佐宗の台詞にあてられたなどと白状するわけにはいかず、大智は言葉を濁した。

「真夏よりもこういう日のほうが油断するんだよ。ちょっと待ってて、竹本さんに水をもらってくる」

そう云いながら、佐宗は車のエンジンをかけ、強めに空調を入れる。

「もう大丈夫です。休んでたら楽になりましたから」

「無理は禁物だよ。何か冷やすものもいるな。そうだ、傷の消毒もしておいたほうがいいよね。救急箱も借りてくるから、椎名くんはシートを倒して横になってて」

「あの――」

過保護モードがオンになった佐宗は、大智が呼び止めるのも聞かずに走っていった。

12

最近の自分はどうかしている。

寝ても覚めても、佐宗のことばかり考えている。

今朝見た夢は、佐宗と共に暮らしているというものだった。夢の中では当たり前のように家で佐宗の帰りを待ち、一緒に夕食を食べ、同じベッドで眠っていた。

（この間、車で「ただいま」って云われたのが頭に残ってたのか？）

予定ではいつか一緒に暮らす日が来ることになっている。でも、それはまだ先の話だし、周囲に偽るための手順の一つでしかない。

居候として、同じ屋根の下で生活するだけのことだ。だが、夢の中の自分たちはまるで本当の恋人同士のように接していた。あれでは、まるで同棲だ。

「……さん、椎名さん！」

「うわっ、何⁉」

大きな声で名前を呼ばれ、びくっと肩が揺れる。顔を上げると、斜め前の席に座る後輩の松木が心配そうな顔で大智を見ていた。

「お昼休みですけど、食べに行かないんですか？」

「え、もうそんな時間？」

気がつくと、周りには声をかけてきた松木以外、誰もいなくなっていた。きっとみんな外の店か社員食堂に昼食を食べに行ったのだろう。

「そんな時間です。早く行かないと食いっぱぐれますよ」

「ありがとう。引き出しのストックで適当にすませるよ」

現場に出るときは食事のタイミングが難しい。そのため、引き出しやロッカーに栄養補助食品をいくつかストックしてあるのだ。いまさら席を立つのも面倒なため、それで凌いでおくことにした。

（つーか、何故か腹減ってないし……）

このところ常に膨満感があり、空腹をあまり感じない。怪我をする前ほどの運動量がないため、カロリーを消費していないのかもしれない。

「松木さんは食べに行かないの？」

「私はダイエット中なので、お弁当にサラダを持ってきました。食堂に行くと食べたくなっちゃうので」

「ウチの社食美味しいもんな」

生活の基本は食事から、という創業者の信念の元、社員食堂とは思えないほどメニューと量が充実している。

「でも、どうしたんですか、椎名さんがぼーっとしてるなんて珍しい」

「ちょっと寝不足で」

「不眠なら、病院の診察のときに相談してみるといいですよ。あ、もしかして、まだ折れたところが痛むんですか？」

「そういうわけじゃないんだけど……松木さんは四六時中、誰かのことが頭から離れないってことある？」

ふと思い立って、質問してみた。

「えっ、もしかして椎名さんが恋煩いですか⁉　相手はどんな人なんですか？　出逢いは？」

松木は目を輝かせ、興味津々に訊いてくる。

「いやいや、まさか！　第一、普通の人じゃないし——」

「普通の人じゃないって、まさか極道の人とか？」

彼女の飛躍した想像力には感心してしまうが、誤解されたままではまずい。

「芸能人っていうか俳優だよ。映画とかドラマを見てたら、その人のことが気になってきて、ついふっと考えちゃうっていうか……。松木さん、アイドルの誰かが好きだって云ってたからそういう気持ちがわかるんじゃないかと思って」

大智の云い訳めいた説明に、松木はしたり顔で頷いた。

「あー、推しができたんですね！」

「おし？」

「推薦の推で〝推し〟です。その人を見るだけで元気が出たり、頑張ろうって感じる人のことですよ。応援したい、元気でいて欲しい、何かしてあげたいって思えたら確実ですね」

「それはその、恋心とは違うの？」

「よくつき合いたいんでしょって云われるけど、違うんですよね！　中にはガチ恋の子もいますけど、そんなに多くはないと思います。少なくとも私は親心に近いかな？　もっともっと活躍して、美味しいものを食べて欲しいなって思ってます」

「なるほど……」

確かに、佐宗と会えば元気になり、頑張ろうと思える。彼の活動もこれからの人生も応援しているし、そのためにどんな協力でもしたいと思っている。

（これがファン心理ってやつなのか）

俳優や芸能人のファンたちは、〝推し〟の話をするときみな生き生きと瞳を輝かせている。彼らを応援するのは、受け取ったエネルギーを返したいという気持ちの表れなのかも知れない。

「私は森崎莉緒(もりさきりお)くんが最推しなんです。彼の笑顔を見ると、仕事の疲れも吹っ飛んじゃうんですよね！　でも、椎名さんもドラマとか見るんですね。私のお薦めは――」

いつもより早口になっている松木の語りは、午後の始業時間になるまで終わらなかった。

松木と話をしたことで自分の抱いている気持ちが特別なものでないとわかり、午後はすっきりとした気分で仕事ができた。

俳優は人を魅了する職業だ。つまり、彼に惹かれてしまうのは仕方がないということなのだ。親心に近いという言葉には共感できた。幸せになって欲しい。いま、彼に対して抱いている気持ちはこれが一番大きい気がする。

13

「何だ……？」

自宅の玄関に鍵を差し込んだ瞬間、大智は手元に違和感を覚えた。鍵から伝わってくる感触が、いつもとは少し違う。ふと佐宗の話を思い出した。

——子供の頃から友人関係にも口出しして、相手の身辺調査をして気に食わなければつき合いをやめるよう命じてきた。恋人だと紹介すれば確実に調べが入るだろうね。

昨日の今日だが、早速興信所の調査員でもやってきたのかもしれない。

本当にそうだとしたらまだ調査員が中にいたり、空き巣だったら攻撃してくる可能性もある。大智は警戒を強め、カバンの中から伸縮式の警棒を取り出した。

部屋に入る前、窓の格子にかけておいたビニール傘を壁に立てかけるようにして斜めに置いておく。

万が一、空き巣のような侵入者がいた場合、足止めになればと思ってのことだ。

警戒しながらドアを開け、明かりをつける。一見しておかしなところはどこにもないし、人影もなかった。だが、大智の警戒心はまだアラームを鳴らしている。

（こんなところに置いたか？）

未開封のダイレクトメールはいつもは冷蔵庫の上に置いている。だが、何故かシンクの横に移動していた。

自分で無意識にそこへ置いた可能性もあるけれど、侵入者が元の位置に戻しそびれたのかもしれない。念のため、さらに室内を調べてみる。

押し入れにしまってある簡易金庫は元の位置にあるし、枕の横に置いておいたタブレットも手つかずで残っている。普通の空き巣なら、真っ先に盗まれそうな物たちだ。

簡易金庫を取り出して鍵のところをよく見てみると、微（かす）かに傷がついていた。ピッキングで鍵を開けられた可能性がある。

金庫の中身を確認した者はさぞガッカリしたに違いない。ここに入れてあるのは、子供の頃の家族写真やささやかな母の形見だけだ。全てそっくり残っていることにほっとする。

基本的に大智の持ち物は少ない。父の借金を返すために家を売ることになったとき、私物の殆（ほとん）どを処分した。狭いアパートで二人暮らしをするには、思い出の品を取っておける余裕がなかったのだ。

再度部屋を見回し、見覚えのない黒いコンセントタップが刺さっていることに気がついた。

（盗聴器か？）

ハンカチを使ってコンセントから引き抜き、観察する。これは簡単に手に入るタイプの盗聴器だ。電源をコンセントから取るため、安定して作動し続ける。

ケースの一部が外れるようになっており、中にデータ保存用のＳＤカードが刺さっていた。これを設置した人物は、後日回収に来るつもりだったのだろうか。

気づかなかったふりでそのままにし、こちらでもカメラを仕掛けて犯人の正体を突き止めるという手もあるが、盗聴されたまま生活するのは気が進まなかった。

（警察に通報するのが手っ取り早いか……）

どう対応すべきか思案していたら、外から不審な物音がした。大智の帰宅を待って様子を窺うつもりだったのかもしれない。息を殺して素早く玄関に戻り、勢いよくドアを外に開けた。

「痛っ」

ガン！　という硬いものがぶつかり合う音と小さな悲鳴が聞こえる。ドアの前にいた人物に直撃したようだ。衝撃に蹈鞴を踏んだ人影はすぐに我に返り、暗い廊下を逃げていく。

「待て！」

大智は靴も履かず追いかけた。普段なら走りには自信があるが、先日ギプスが外れたばかりの足に負担をかけることに懸念があった。その躊躇いのせいか、不審者との距離がなかなか縮まらない。

（くそ、逃がすか——）

少し先の塀の上に空き缶が放置されているのを見つけた大智は、反射的にそれを手に取り、咄嗟に人影めがけて投げつけた。

カンッと音がして、不審者の頭にヒットした。一瞬よろめいたものの、通りの路肩に停めてあった黒塗りのバンに逃げ込まれてしまった。

そのまま発進したバンを慌てて追いかけ、せめてナンバーを確認しようとしたけれど、通りに着いたときにはもう車体は小さくなっていた。


「それでは、こちらは証拠として預からせていただきます」

「よろしくお願いします」

一一〇番通報で駆けつけてくれた警察官を見送る。時間も遅いため、指紋の採取や被害届の作成などは明日行われることになった。

さっきの不審者が犯人かどうかは定かではないが、盗聴器がしかけられていた以上、住居侵入罪などの構成要件は満たしているとのことだった。

証拠保全のため、今夜はよそに泊まらなくてはならない。いまからホテルを探すことを考えると、ため息が出た。

「会社に戻ろうかな」

大智の会社には仮眠室もシャワールームもある。事情を話せば、一晩泊まるくらいは許可がもらえるだろう。

しかし、そのためには盗聴器をしかけられていたことを報告しなければならない。そうなれば、痛くもない腹を探られることになる。

(やっぱり、ホテルを探すか)

荷物をまとめようと部屋に戻りかけたそのとき、慌ただしく車が停車する音が聞こえた。

「椎名くん！　大丈夫だった⁉」

佐宗からは昨日の別れ際、何かあったらすぐに報告して欲しいと云われていたため連絡しておいたのだが、まさか飛んでくるとは思わなかった。

「佐宗さん、すみません。わざわざ——むぐっ」

「無事でよかった……！」

前置きもなしに力強く抱きしめられ、佐宗の肩口に顔が埋まる。突然のことに大智は目を回した。

佐宗の感情表現はときに過剰だ。

「苦しいです、佐宗さん」

「ごめん！　心配のあまりつい……。犯人を追いかけるなんて危険だよ。椎名くんに何かあったらどうするんだ」

「あの、俺が何の仕事してるか忘れてませんか？」

警備員として、日々訓練し鍛えている。不審者に遅れを取るつもりはさらさらない。

「それでも、万が一ってこともあるだろう？　本当に無事でよかった」

「ありがとうございます……」

映画なら恋に落ちる瞬間だが、佐宗に見つめられることにもだいぶ慣れてきた。心拍は乱れているけれど、許容範囲内だ。

「この前のことがあってからのこれだ。父たちが君のことを調べさせるために雇った連中の仕業かもしれないな。しかし、プロの警備員を舐めすぎだ」

「俺に追いかけられるとは思ってなかったみたいですね。逃げ足だけは速かったです」

足が万全だったら絶対に逃がさなかったのに、と密かに歯噛みする。

「警察には通報したんだよね？　捜査はしてもらえそう？」

「さっき来てくれました。詳しいことはまた明日改めてということになったので、今日は室内を荒らさないようホテルに泊まるつもりです」

「ホテル？　――だったら、僕の部屋においでよ」

「え？」

「ウチのマンションは椎名くんの会社のセキュリティが入ってるし、通勤も楽になるんじゃない？」

「いや、でも、そこまでしてもらうわけには！」

過分な申し出を辞退する。佐宗に連絡したのは、彼らの動きを知らせておきたかっただけで、甘えるつもりなどこれっぽっちもなかったのだ。

「こういうときこそ甘えて欲しいな。困ってるときに恋人のところに泊まりに行かないほうが不自然だろ？」

「確かに……」

本当の恋人同士なら、相手の家に泊まるのが自然だろう。こんなときに遠慮してホテルに泊まるのは他人行儀すぎる。

「そうと決まれば、早く行こう。支度手伝おうか？」

「いえ、手伝ってもらうほど荷物はないので。……じゃあ、申し訳ありませんがお世話になります」

「気にしないで。初めてのお泊まり楽しみだな」

「……っ」

『お泊まり』という単語に息を吞む。佐宗と自分は恋人を演じているのだと思い出し、俄に心臓が早鐘を打ち出した。

14

佐宗の家に向かう間、通報するまでの経緯を説明した。

「よく部屋に入る前に気づいたね」

「玄関の鍵を閉め忘れることはないですから。毎朝、ダブルチェックをして出かけてます」

亡き父は施錠に無頓着で、帰宅したら借金取りが家に上がり込んでいることもよくあった。いくら口を酸っぱくしても無防備な人間と生活していたら、誰だって用心深くなってしまう。

「仕掛けられていたのは盗聴器だけ？」

「あ、はい。盗聴器は外部で音声を受信するタイプではなかったので、後日回収するつもりだったんでしょう。室内の様子を見るためにドアスコープも外されていました」

それは部屋に戻り、改めて確認して気づいたことだ。部屋に何もないせいで、盗聴器は丸見えだった。そのため設置場所に不安があり、大智の反応を確認しておきたかったのだろう。

「盗まれたものはなかった？」

「ざっと確認したところ、なくなっているものはありませんでした。大事なものは会社で保管しているので問題ありません。タブレットは念のため電源を落としてあります」

佐宗との契約書は違うところにしまってあるし、タブレットは不審なアプリがインストールされていないか詳しい同僚に調べてもらうつもりだ。

「恐らく、伯父が普段から使ってる調査会社だろうね。けど、見つかるなんて脇が甘いな。きっと報告を急かされて、ボロが出たんだろう」

佐宗の見解も、大智の推測と同じだった。

「車のナンバーを確認できてたらよかったんですが……」

重ね重ね、取り逃がしたことが悔やまれる。

「末端の調査員を特定したところで、トカゲの尻尾を切られるだけだよ。むしろ調査を逆に利用して、疑いを晴らしたほうが得策だろうな。いまごろ、僕の周囲も探られてるはずだ。ここに来て、これまでの僕たちの行動が役に立つってわけだ」

一ヶ月以上かけて、二人の仲を進展させてきた。映画の関係者やレストランの支配人に探りを入れられたとしても、親しい間柄だという証言が出るだけだろう。

「君の会社は警察ＯＢが多いんだろう？　伯父のゴルフ仲間に警察関係者もいるから、そっちの伝手からも問い合わせが行くかもしれない」

「大丈夫ですよ。ずっと真面目に働いてきましたし、会社からの評価は悪くないですから」

「もし困ったことがあったらすぐに教えて。いきなり露骨なことはしないだろうけど、圧力はかけてくるかもしれない。回りくどいことをするのが好きな人たちだから」

「気をつけておきます」

「まあ、同棲はもう少し先の予定だったけど、いいきっかけだったかも」

「ど、同棲⁉」

「恋人同士なんだから同棲でしょ？」

「そうか、そうですね……」

そのとおりなのだが、慣れない単語は気恥ずかしい。

「今度休みが合う日に、食器とかパジャマとか買いに行こう」

「寝間着ならスウェットを持ってきました」

部屋着とトレーニングウェアの兼用として使っているものだ。普段は帰宅して着替え、そのまま朝ひとっ走りして汗を掻いたら洗濯機に放り込んでいる。

「せっかくならお揃いにしたいでしょ。それに調査が入ってるなら、ラブラブだってアピールしておかないと」

「なるほど……」

見知らぬ人間に部屋に上がり込まれたことは不愉快ではあるが、関係を進展させるきっかけとしていいエピソードではあったかもしれない。

「さあ、着いたよ」

車は高層ビルのような建物の地下駐車場に入っていく。警備員のいるゲートをカードキーを翳(かざ)して通り抜け、奥の駐車スペースに停まった。

「あとで合鍵を渡すね。それから、指紋も登録しておこう」

佐宗のマンションは厳重なセキュリティに管理された要塞のような建物だった。大智のいる部署とは違うが、自社で担当している物件だと思うと安心感がある。

エレベーターがいくつかあるのは、それぞれ停まる階が違うからだろう。乗り込んだあともカードキーがなければ作動しない仕組みになっていた。

防犯カメラはあちこちにあり、目的の階に降りてからも指紋認証によりオートロックシステムが行く手を阻んでいた。

専用のエレベーターで居住フロアに上がると、廊下に続く共用部分に再びゲートがあった。それぞれの部屋の前に辿り着くまでには、三回のチェックが必要になるというわけだ。

「どうぞ、入って」

「……お邪魔します」

初めて訪れた佐宗の部屋は、本人の云ったとおり物に溢れていた。

散らかっているわけではないけれど、アンティークなインテリアや大小様々な観葉植物があちこちに置かれている。けれど間取り自体が広いため、上手く調和していた。

「案内するね。ここが洗面所とお風呂。タオルやシャンプーは自由に使ってくれていいから。洗濯も好きな時間にしてもらって大丈夫。その隣がトイレ、ここが一応客間なんだけど物置みたいになってるから片付けるね」

積み上がった箱には、佐宗の顔がプリントされた物もある。スポンサーから届いたサンプル商品なのだろう。一人で使うには限界がある量だ。

「で、こっちが趣味の部屋」

「……！」

無造作に開かれたドアの先は、まるでおもちゃ箱だった。

正面には壁一面の本棚があり、左右にはクラシックカーのプラモデルが収められたガラス張りの飾り棚が所狭しと並んでいる。そして、その真ん中にはグランドピアノが置かれていた。

「子供のときに欲しかったものをつい買っちゃうんだよね。有馬さんにはいい加減物を減らせって云われてるんだけど、どれも手放しがたくて」

「このピアノは——」

「母の形見だよ。父が留守のときに持ち出したんだ。実家に置いておくと、機嫌が悪いときに邪魔だって云って処分されかねないからね。でも多分、まだなくなっていることには気づいていないと思う」

佐宗はピアノの蓋(ふた)を開け、キーを一つ叩く。ポーン、と軽やかな音が鳴り響いた。この部屋はまるで佐宗の心の中みたいだ。

「弾いて聴かせてくれるって約束、覚えてますか？」

「もちろん。いま練習してるから、期待しないで待ってて」

軽口のような約束だったけれど、佐宗がそれを大事に覚えていてくれたことがわかり、大智は嬉しくなってしまう。

「とりあえず、明日布団を買いに行かないとね。今夜は僕のベッドで寝てくれる？」

「いえ、そんな！　俺はその辺の床で大丈夫です。毛布を貸してもらえればそれで……」

「恋人にそんな仕打ちできるわけないでしょ」

「二人で!?　それはちょっと……！」

佐宗の存在に慣れてきたとは云え、同じベッドで安眠できる自信がない。

「キングサイズだから、二人で寝ても十分広いんだ。安心して」

「……寝相が悪いので、一緒に寝るのはお薦めしません」

実際の寝相は然程悪くはないけれど、嘘も方便という。

夜通しの警備の任についたときなど、狭い仮眠室で同僚と身を寄せ合って寝たこともあるけれど、佐宗と同じベッドだなんて緊張して眠れそうにない。

そのとき、リビングに広めのソファがあることに気がついた。

「よかったら、そこのソファを借りてもいいでしょうか？」

「僕は寝相なんて気にしないけど、もしかして一人じゃないと眠れないタイプ？　それなら僕がソファで寝るよ」

「狭いほうが落ち着くので、ソファのほうがありがたいです」

「わかった。でも、リビングで過ごすときは気をつけて。この部屋も多分見張られてると思うから」

「外からですか？」

「このマンションの住人は芸能人が多いんだ。向かいのビルから、常時見張られてると思う」

ベランダから外を見ると、同じくらいの高さのビルが少し先に建っていた。裸眼では向こうの部屋の様子はわからないが、双眼鏡などを使えば監視できそうだ。

「いくら人気商売だからって、プライバシーの侵害にも程がありますね」

外を歩いているときならまだしも、帰宅したあとも見張られているなんていつ気を休めたらいいのか。

「カーテンを引けば室内は見えないから、そんなに神経質になることもないんだけどね。それに逆に利用することもできる」

「え？」

「椎名くん。ちょっと待ってて」

そう云うと、佐宗はリビングのチェストの引き出しから取り出した何かを手に大智のところへ戻ってきた。

「こんなときについでみたいで申し訳ないんだけど」

「これ――」

物知らずな大智でも知っている、有名なジュエリーブランドのロゴが印字された箱。佐宗はそれを開け、中から黒いジュエリーボックスを取り出した。

そこに収められていたのは、内側に透明な石が填め込まれた上品な指輪だった。一見シンプルだが凝ったデザインのそれは、相当高価なものに違いない。

「そろそろプロポーズの時期だと思って用意しておいたんだ」

「！　こ、こんな高い物じゃなくてもよかったのでは」

「一世一代の瞬間なのに、適当なものですませるわけにはいかないよ。どこで何を買ったかもチェックされるだろうしね」

「なるほど……」

大智に対しての本気の程を見せておこうというつもりらしい。意図はわかったけれど、気安く受け取れるようなものではなかった。

「じゃあ、改めて。椎名くん、僕と結婚してください」

「あ、ええと、あの」

「はいって云ってくれればいいから」

「は、はい」

「よし、これで婚約成立だね。一度、指に填めてみてもいいかな？」

「入りますかね……」

大智の指は節が太いため、途中で引っかかる可能性もある。

恭しく左手を取られ、その薬指にひんやりとした指輪を通された。

値段を考えると震えそうになる。大智にとっては一財産と云える価格だろう。うっかり落としでもしないよう、気をつけねばなるまい。

「よかった、ぴったりだ」

大智の指に合わせて誂えたかのようだった。

「まさか、サイズも俺に合わせてあるんですか？」

そういえば、衣装合わせの相談をしたときに身長やスリーサイズだけでなく指の太さも測っていた。あのときは深く考えていなかったが、指輪を用意するための準備だったのだろう。

「もちろんだよ。できたら普段から着けていてもらえるとありがたいんだけど、会社に着けていくのは無理かな」

「現場でなければ大丈夫です。当面は内勤なので、問題はないかと」

間違いなく武田や同僚に追及されるだろうが、そろそろ自分も恋人ができたとアピールしておく段階かもしれない。

「結婚指輪は今度二人で買いに行こうね」

「けっ……結婚指輪まで買わなきゃいけないんですか⁉」

それこそスクープされかねないシーンだが、佐宗としては願ったり叶ったりなのだろうか。

「プロポーズの次の大事なイベントの一つだしね。それと——これは抵抗があるなら断ってくれていいんだけど、もう一つ頼みたいことがあるんだ」

佐宗は申し訳なさそうに切り出してきた。

「何ですか？」

「キスしてもいいかな？」

「き、キス!?」

唐突な申し出に声が引っくり返る。

「嫌ならフリだけにしておく。けど、実際にしておいたほうがらしく見えると思う」

「な、なるほど……そうですよね、プロポーズを受けたのに他人行儀なのはおかしいですもんね」

プロポーズを受けるくらいの間柄なら、肉体関係もあるだろう。『本当の恋人』ならキスは交わして当然だ。

(そうか……演技とは云っても、そういうこともしないといけないのか)

当たり前のことだが、思い至らなかった。

「無理にとは云わないけど、僕らの演技をより完璧にしていくためには必要なことだと思う」

「――わかりました。俺は大丈夫です」

心の準備はまだできていなかったけれど、覚悟を決める。もたもたしていたら、不自然に思われかねない。婚約者という任務についている以上、避けることはできない。

「本当に大丈夫？　練習してからのほうがよかったかな」

スキンシップの練習以来、ステップアップはできていない。なかなか二人きりになる機会がなかったからだ。

「こういうときは確認を取らずにすべきことをしてください。俺には恋人らしい振る舞いがわからないので、佐宗さんにできるだけ合わせて行動しますから」

冷静さを装った口調とは裏腹に、指先は熱を持ってジンジンと疼いていた。

「わかった。これからはそうさせてもらうね」

自然な動作で顎に指を添えられ、佐宗のほうを向かされる。熱を持った眼差しに射貫かれ、自分の発言を一瞬だけ後悔した。目を泳がせていると、囁き声で甘く命じられる。

「僕のことを見て、大智」

「……っ！」

全身が心臓になってしまったかのように脈動がうるさい。たかが名前を呼ばれただけで、何を過剰に反応しているのか。

佐宗の顔を目にしているから余計に緊張するのだと気づき、硬く目を瞑る。その瞬間、そっと唇が重なった。

「――――」

佐宗の唇は一瞬触れただけなのに、甘い痺れが雷に打たれたみたいに全身を駆け抜ける。すぐに柔らかな感触が離れていき安堵したのも束の間、再び唇を重ねられる。

「ん……っ」

佐宗は大智の腰を抱き寄せ、唇を食む。優しく啄まれる感触に、頭の芯や強張っていた体が蕩けていく。呼吸の仕方がわからず、息を止めていたせいで苦しくなってきた。

「鼻で息して。酸欠になるから」

なるほどと思うのと同時に、さっきとは角度を変えて口づけられる。今度は口の中に舌先が入り込んできた。

「!?」

思わず体を引きかけたけれど、頭の後ろを押さえられ、さらに深く探られる。さっきまでは映画で見るお手本のようなキスだったのに、だんだんと濃厚になっていった。

「ン、ふ……っ」

上顎を舐められ、ぞくぞくと頭の芯が震える。それは下顎を探るように舌先を忍ばせ、大智の舌を搦め捕る。誘い出された舌先を吸われると、喉の奥が甘く鳴った。

（これ、ヤバい――）

佐宗の舌の動きに意識を奪われ、全身の力が抜けていく。大智は恥ずかしさよりもキスの気持ちよさに溺れていった。

「んん、んー……っ」

体が熱い。巡っている血液が沸騰しているみたいだ。下腹部も否応なく変化してきている。キス一つでこんなに興奮しているなんて佐宗に知られたくない。

さりげなく腰を引こうとしたけれど、逆に強く抱き寄せられてしまう。

「！」

佐宗の足にそこが当たる。擦りつけてしまいたい欲求を理性で抑え込むのは至難の業だった。これ以上はまずい――そう脳裏でアラームが鳴っているのに、佐宗を止めることができない。それどころか、気がつけば自分からもキスを求めてしまっていた。

やがて、限界が足に来た。膝がかくんと折れ、佐宗の腕の中から滑り落ちそうになる危ういところで抱き留められた。

肩で息をしながら、両足に力を入れ直す。どうにか踏ん張り、自力で体勢を立て直した。

「椎名くん、大丈夫？　ごめんね、ちょっと刺激が強かったかな」

「だ、大丈――夫じゃないです」

大智は限界を迎え、佐宗の腕の中から逃げ出した。トイレへと駆け込み、興奮が過ぎ去るのをじっと待つ。

初めてのキスは、気持ちよすぎてどうにかなってしまいそうだった。むしろすぐには収拾がつきそうにない。

さらに問題なのは、体の興奮だけではない。佐宗にときめくのはただのファン心理だろうと思っていた。けれど、憧れだけでは説明のつかない感情が入り交じっている。

（もしかして、これは〝ガチ恋〟というやつなのでは……？）

ふと浮かんだ考えをすぐに否定する。佐宗の熱演に呑まれているだけで、本当の気持ちではないはずだ。そう自分に云い聞かせつつも、疑いを消し去ることはできなかった。

15

「ただいま、椎名くん」

「おかえりなさい」

佐宗の部屋に居候、もとい同棲するようになって早一週間、こうして彼の帰りを出迎えるのが大智の日常になった。

佐宗は毎日朝早くに家を出て、帰宅も夜遅い。今日の帰宅はかなり早いほうだ。

病院に大智を送り迎えしてくれていたときは、撮影の待ち時間などに抜けてきてくれていたらしい。曰く、仕事の合間のほうが都合がつけやすいのだそうだ。

「誰かが出迎えてくれる部屋に帰るのっていいね。すごくほっとする」

「わかります。気配がするだけでも安心しますよね」

大智も父が亡くなってから、ずっと一人暮らしだ。定期的に返済することで借金取りも家に押しかけてこなくなり、静かな生活を得られたけれど、どこか寂しい気持ちは心の隅に残っていた。

「椎名くん、いい？」

「は、はい」

催促され、大智は玄関の上で遅ればせながら両腕を開く。

一緒に暮らし始めてから、スキンシップの練習は日課となった。出かける前と帰ってきたときにハグをするというものだ。

ぎこちない大智に対し、佐宗は至極当然とばかりに抱きしめてくる。

「あー、半日ぶりの椎名くんは癒やされるな。疲れが吹っ飛ぶよ」

「そ、それはよかったです」

挨拶のようにさらりとできるように、というのが目標だ。する前は身構えてしまうものの、これでも触れ合うこと自体にはだいぶ慣れてきた気がする。

変に意識するから緊張するのであって、柔道の組手のようなものだと思えば何てことはない。

(……あれ?)

自分からも佐宗の背中に腕を回したそのとき、微かな違和感を覚えた。その正体に頭を巡らせ、朝抱きしめられたときと匂いが違うのだということに気がついた。

彼らしくない甘く纏わりつくような香りに、何故か胸の辺りがモヤモヤとする。

(何だ、これ)

義務で参加した飲み会の翌日のようなむかつきが、じんわりと鳩尾のあたりに広がっていく。

「椎名くん、どうかした?」

「いえ、佐宗さんまた香水変えたんですね」

電車の中などで、強すぎる香水の香りに遭遇して気分が悪くなることもある。好きではない匂いは、人に強くストレスを与えるものなのかもしれない。

「変えてないけど……ああ、今日の相手役の子が香水キツかったから移ったのかも」

「何だ、そうだったんですね」

これだけの移り香となると、本人は相当匂ったに違いない。佐宗との距離も近かったのだろう。そんな撮影の様子を想像したら、ますます胸焼けのような症状は強くなっていった。

「椎名くん、この香り苦手？」

「すみません、ちょっとだけ……」

「謝らなきゃいけないのは僕のほうだよ。ごめん、他の人の香りをつけて抱きしめるなんて婚約者失格だな。自分じゃ鼻が麻痺してよくわからないんだよね……あっ！　断じて浮気はしてないからね」

自分の服の匂いを嗅いでいた佐宗は、焦った様子で自己弁護を口にする。それが何となく叱られた犬のようで、つい笑ってしまった。

「すぐシャワー浴びてくるから待ってて」

呼び止める間もなく、佐宗はバスルームに行ってしまった。

「そこまで気にしなくてもいいのに……」

大智の反応よりも、自分の詰めの甘さが許せなかったのだろう。佐宗は芝居に関しては感心するくらい完璧主義だ。

佐宗と過ごす時間が長くなったことで、彼のビジネスライクな顔を見ることになるだろうと思っていたけれど、実際はその逆だった。

完全に役に入り込んでいるのか、佐宗はどんな瞬間も恋人を溺愛する完璧な彼氏だった。大智のことが好きで好きで堪らないという空気を全力で出してくる。

演技だとわかっていても、あそこまでやられれば愛されている自覚も湧いてきてしまう。いまの自分たちは傍目には完全にバカップルだ。

「佐宗さん、ご飯を温めておきますね」

「わかったー」

バスルームの外から声をかけ、大智はキッチンへと戻った。

部屋に置いてもらうかわりに、食事の支度は大智が受け持つことになった。何もしなくていいと云われたけれど、何もかも甘えるほうが落ち着かない。

母親が出ていってから、家のことは全て大智の役割となった。そのため一通りの家事はできるし、料理は好きなほうだ。

一人暮らしの家計の中で一番削れるのは食費だ。工夫次第でかなり減るし、料理は実利を兼ね備えた楽しみの一つでもあった。

(そうか、俺の趣味は料理だったのかも)

凝ったものは作れないが、食材をやりくりするのは得意だ。好き嫌いはほとんどなく、何でも美味しいと云って食べてくれる佐宗に食事を作るのは楽しい。

今日は佐宗のリクエストのビーフシチューだ。鍋を火にかけ、冷蔵庫から作り置きのサラダを取り出す。

「椎名くん、ちょっといいー？」

脱衣所から大智を呼ぶ声がする。着替えを用意するのを忘れたのだろうか。

「どうかしましたか？」

鍋の火を消して用の向きを聞きに脱衣所に行くと、佐宗は腰にタオルを巻いただけの格好で勢いよくドアを開けた。

「ごめんね、来てもらっちゃって」

「……ッ」

鍛え上げられた裸体を惜しげもなく晒され、悲鳴を上げそうになった。

（し、心臓に悪すぎる……）

会社のシャワールームで同性の裸はよく見ているはずなのに、無性に恥ずかしいのは何故だろう。

「匂いが取れたか確認してもらおうと思って」

「だ、大丈夫だと思います。多分、シャンプーの匂いしかしないので……」

直視できずに目を逸らしてしまう。正直なところ、佐宗の裸体に動揺しすぎて匂いなどわからない。

「じゃあ、さっきのやり直してもいい？」

「え？」

「ハグ、ちゃんとできなかったでしょ」

「いまですか⁉」

想定外の提案に目を剥いた。たまに佐宗が出してくる課題はとんでもなく難易度が高いものがある。半裸の佐宗に両腕を広げられ、断れる雰囲気ではない。しかし、その腕に身を投じるのは、いくらなんでもハードルが高いのではないだろうか。

「ノルマは早めにすませておいたほうがスッキリしない？」

「……わ、わかりました」

宿題は最初に終わらせておくタイプだ。覚悟を決めて承諾した。

渋々両手を開くと佐宗に抱き竦められた。頬や唇に湯上がりのしっとりとした肌を感じるのは、無性に居たたまれない。

服を一枚隔てているときは平気だったのに、いまは背中に腕を回すのも憚られる。素肌の感触が、この間のキスを思い出させるからかもしれない。

手を握り合うのと然程違いはないだろうと、高を括っていた。だが実際は唇を触れ合わせただけで、電気が走り抜けるような感覚に襲われた。

こうして抱きしめられていると、鼓動が激しく脈打つだけでなく下腹部も熱くなってくる。ぐるぐると目も回ってきた。

「椎名くん、顔赤いけど大丈夫……？」

血液がもの凄い勢いで巡る中、息を詰めていたせいで卒倒しかけてしまった。

しかし、これで今日のノルマはすんだ。大智はどうにか平静を取り戻し、咳払いをしてこの場を取り繕う。

「佐宗さんこそ、そんな格好のままだと風邪を引きますよ。食事の支度をしておくので、着替えてから来てください」

涼しい顔で脱衣所をあとにした大智だったが、避難したキッチンで限界が訪れ、その場にへたり込んでしまった。

「ごちそうさま。今日も美味しかった」

「口に合ってよかったです」

大智も食後のお茶を幸せそうに飲んでいる佐宗に癒やされていた。自分の作ったものを美味しく食べてもらえるのは幸せだ。

「あ、お弁当もご馳走さま。肉巻きおにぎりすごく美味しかった。共演者に羨ましがられたから自慢してきたよ」

「本当ですか？　作るの簡単なので、今度たくさん作りましょうか」

薄切りの豚肉で巻いて、市販のタレで焼くだけだ。

「いいの？　あ、でも、椎名くんの愛妻弁当を簡単に人に食べさせるのも悔しいな」

「愛妻弁当って……」

「ちょっと気が早かったかな？」

「そういうことを俺に聞かないでください」

惚気（のろけ）混じりの発言をされても、大智には正解の返答がわからない。本当に佐宗は甘い雰囲気作りが上手くて感心してしまう。

「そうだ、今度は式場巡りをしよう。椎名くんの休みに合わせてオフが取れそうなんだ。いくつか目星をつけておいたから見てみてくれる？」

佐宗はカバンの中から取り出したパンフレットを手渡してくる。

「どこも同性でも式を挙げてくれるところなんだ。椎名くんはどんなところがいい？」

「どんなところと云われても……」

これまで結婚式を夢見たことは一度もない。ぼんやりと神社や教会で誓いを立てるステレオタイプなイメージは持っているが、それだけのことだ。

「一応、式と披露宴はやっておいたほうがいいと思うんだよね。面倒だけど、お披露目が一回ですむってことだから」

「なるほど」

「大がかりにするつもりはないけど、親族と親しい友人たちで三十人くらいかな」

「それはお祖母さまたちにも来てもらうということですか？」

「出席してもらえるかどうかはわからないけど、招待はしておかないとね。できたら、椎名くんのほうでも友達を招待して欲しいんだ」

「友達ですか……」

結婚式に呼ぶような友人は一人もいない。親しくしてくれている同僚はいるけれど、招待してもいいものだろうか。

「差し支えないようなら会社の人でもいいんだけど、仕事に支障が出るなら無理にとは云わない」

「上司に打診してみます」

武田の顔を思い浮かべる。彼は大智にとって第二の父親のような人だ。

佐宗とつき合っていることや、パートナーとして式を挙げることを報告したらどんなに驚くだろう。だが、彼なら快く祝ってくれるはずだ。

結果的に彼のことも騙すことになってしまうのが心苦しいけれど、知らせないのは不自然だ。

「お母さんはどうする？」

「招待されても困ると思うので、やめておきます。十年以上連絡を取っていないので、お互い死んだようなものでしょうし」

捨ててきた息子に結婚式に出てくれといきなり云われても反応に困るはずだ。父が亡くなったときでさえ、様子を見に来ることがなかったのだ。接点を作りたくないということだろう。

「あ、そういえば気になる郵便物が届いてました。この封筒に心当たりありますか？」

すっかり忘れていたけれど、佐宗に確認しておくつもりのものがあったことを大智は思い出した。

厚みのあるＡ４サイズの茶封筒。表に佐宗の名前と住所が書いてあるだけで、差出人の名前はどこにもない。そのため、佐宗に確認しようと思っていたのだ。

「名前が書いてないね」

「宛名も印字ですし、どこか怪しい気がして。受け取り拒否をしておきますか？」

郵便局に持ち込むか受け取り拒否と書いて郵便ポストに投函すれば、差出人のところに戻される。この封筒の場合は差出人がわからないため、郵便局で処分されることになるだろう。

「いや、開封しておこう。変なものだったら、こっちで処分しておけばいい」

佐宗は鋏を持ってくると、大胆に封を切った。封筒を逆さにすると、ファイルのようなものが滑り落ちる。

「報告書？」

ファイルの表紙にはそう書かれている。警戒した様子でページを捲(めく)っていた佐宗は、徐々に苦い表情になっていった。

「何だったんですか？」

「君の調査報告書のコピーだね」

「……！」

「君の親族のことがよく調べられてる。いい気分はしないだろうから捨てておこうか？」

「大丈夫です、何が書いてあるか大体予想はつきますから」

ファイルを受け取り、頭から目を通す。

佐宗の云うように、大智の生い立ちについては二ページほどに収まっていた。父親の残した借金を負わされた以外は、退屈な人生を送ってきたためとくに書くことがなかったのだろう。

まず目についたのは、生前の父の所業だ。繰り返し借金をし、ギャンブルにも溺れていたことが詳しく書かれていた。

当時の出来事をこうして文章で目にすると、父が生きていたときのことを思い出して息苦しくなってくる。あの頃は毎日こういう気持ちで生きていたのだと思い出した。

「すごい、俺の知らないことも書いてあります。俺、ヤバい人に売られかけてたんですね……」

大智のバイト代では賄いきれないと判断したのか、質の悪い筋に労働力として差し出す手はずになっていたようだ。その契約が交わされる前に父が急死したため、難を逃れたらしい。

疎遠になった母の様子もレポートされていた。異父妹は大学生になるようだ。平凡だが、幸せな生活を送っているとわかりほっとした。

会ったこともない親戚筋の情報も添えられていた。父方の親族には犯罪者とまでは行かないまでも、かなり素行の悪い人間もいるらしい。

地元を飛び出して自分一人の力で会社を興したのだと、幼い頃、父から聞かされた。それはこういった親族から逃げ出すためだったのかもしれない。

結局は上手く行かず、自分も同じような人間になってしまったというわけだ。どんな環境でも腐らず地道に生活することはできる。だが、父は現実から目を逸らすことを選んでしまった。

「椎名くん、その辺でやめておいたほうがいい。顔色が悪いよ」

「すみません、色々思い出してしまって。あの、これは──」

「十中八九、父たちの仕業だな。内容をあまり真に受けないほうがいいと思う。これは僕に考えを変えさせるために送りつけてきたんだろうし、本当のことが書いてあるとは限らないから」

「誇張はあるかもしれませんが、どれも事実だと思います。俺は佐宗さんに釣り合う育ちの人間ではないから目を覚ませと云いたいんでしょうね。結婚となると、法的に縁続きになるってことですから。お父さんたちが警戒するのは仕方ありませんよ」

もしも自分が彼らの立場だったら、自分のような人間を息子の恋人として受け入れられるか自信がない。

「だったら、僕ごと切ってくれたらいいだけだ」

人の心は単純ではない。怒りや憎しみを抱いていても、一度結ばれた人間関係を解くのは難しい。それが生まれながらのものなら尚更だ。

「まあ、あの人たちが僕が君にぞっこんだと信じてくれたのはよかったな。僕のプランは功を奏したってことだよね」

「ぞっこんって死語じゃないですか？」

「そうかな？」

ときどき、佐宗は言葉の選択がおじさんのようで苦笑してしまう。自覚がないのも彼らしい。

「俺の家のことで迷惑をかけることになったら、すぐに云ってください。こちらで対処しますから」

子供の頃ならいざ知らず、いまは知識も体力もある。どう対応すれば効果的か、よくわかっているつもりだ。

最悪の場合、佐宗との契約を解除すればいい。期待どおりの働きができなかった場合、報酬は返金するつもりだ。

返済に充ててしまったため手元にはないけれど、これまでと同じように働いて佐宗に返していけばいい。

「何云ってるんだ。こういうことは〝二人で〟乗り越えていくものだよ。僕と君は雇用関係にあるけど、相棒でもあると思ってる。ここまで来たら一蓮托生（いちれんたくしょう）――そうだろう？」

「一蓮托生……」

「君に白羽の矢を立てたのは、僕にとって君が都合がよかったからだ。それは否定しない。だけど、君しかいないと感じたのも本当だよ。僕は運命の出逢いだったと思ってる」

「ちょっと大袈裟（おおげさ）じゃないですか？」

「そんなことはない、こんな言葉じゃ足りないくらいだ。変なことに巻き込んでしまったことは申し訳ないけど、心から君と出逢えてよかったと思ってるんだ」

眩しいものを見るような表情で告げられ、胸が痛いくらいに締めつけられる。

「――――」

佐宗との関係は全て演技であって、契約だ。

本気になるなんて、辛い想いをするだけだとわかっている。なのに、大智の心は持ち主の意に逆らって歯止めが利かなくなっていた。

絶対に、本気になってはダメなのに――。

「できることなら、こんな形ではなく知り合えたらよかった。そうしたら……いや、これは云うべきじゃないな」

いま佐宗は何を云おうとしたのだろうか。

(もしかして――いや、まさか)

一瞬脳裏に浮かんだ考えを即座に否定する。そんなことは、地球がひっくり返ってもありえない。

言葉の先が気になったけれど、それを問い質す勇気は出なかった。

16

「唐揚げ定食お願いします」
「はいよ。ご飯は大盛りでいいかい？」
「よろしくお願いします」

社員食堂のカウンターで定食を受け取り、空いている席を探して座る。大型テレビがよく見える位置が確保できてほっとする。

普段は弁当持参の大智が社員食堂にやってきたのは、昼過ぎから放送されるトーク番組を見るためだ。

『今日、昼の番組に生出演するから見てくれる？』

朝、佐宗は大智の作った弁当を手にそう云い置いて出ていった。いま撮影しているドラマの番組宣伝を兼ねた出演らしい。

社内にも佐宗のファンがいる。見たいと云わずとも、その番組にチャンネルが合わせられるはずだ。

（佐宗さんがわざわざあんなことを云うのは珍しいよな）

以前、ドラマや映画はともかく、バラエティは恥ずかしいから大智にはあまり見られたくないと云っていた。それなのに敢えて見てくれと云ったということは、何か特別なことでもするのだろうか。

唐揚げを頬張っていると、やがてミニシアターのような大きなモニターに、司会であるベテラン女優とゲストの佐宗が映し出された。

どんなときも彼はカッコいいけれど、プロの手によってスタイリングされた姿は一段と輝いている。

「あー、今日の司さまもカッコいい……」

テレビの前に陣取った女性社員たちは食事に手をつける余裕もなく、佐宗の姿に見入っていた。

『本日のゲストは佐宗司さんです。ようこそいらっしゃいました。本日は根掘り葉掘り色んなことを聞かせてもらおうと思ってます』

『お招きありがとうございます。お手柔らかにお願いしますね』

会話はにこやかに始まった。新番組の内容や撮影の裏話、最近のマイブームなど話の内容は多岐に亘る。一言一句聞き漏らすまいと息を殺していたうちの一人が、ふと呟きを漏らした。

「……ねえ、司さまってあんまりアクセサリーつけないよね？」

「そのはずだけど……今日はネックレスしてるね」

その言葉をきっかけに、皆が佐宗の胸元に注目する。

「ちょっと待って。あれ、指輪っぽくない？」

「……！」

見ると、大智にくれたものとお揃いの指輪が佐宗の胸元で光っていた。

（あ、あんなわかりやすくつけなくても……）

今後のための布石なのはわかるが、あからさますぎて大智のほうが恥ずかしくなってしまう。人気商売はイメージが重要だ。あとで事務所に叱られるのではないだろうか。

「まさか……ペアリング？」

「司さまみたいな人に恋人がいないわけないけど、でも匂わせだったらショック……」

番組を見ていた女性陣はトークの内容をよそに、ペンダントトップの指輪の意味で盛り上がり始めた。アクセサリー一つでそこまで推測できるのだからすごい。

大智がその指輪の片割れを嵌めていると気づかれたら、どんな大騒ぎになるだろう。

（むしろ、信じてもらえないだろうな）

こんな地味な同僚が、彼のパートナーだなんて誰も想像しないはずだ。

「ねえ、ちょっと！　番組変えて」

スマホを握りしめて血相を変えた眼鏡の女性が鋭い声を上げた。

「ちょっと、いきなり何なの？」

「いいから！」

問答無用でチャンネルを変えられ、裏番組のワイドショーに切り替わる。アップで映し出された男性司会者が好奇心剝き出しの顔でコメントしていた。

『いやー、びっくりですね。佐宗司さんがご結婚だなんて』

「!?」

耳に飛び込んできた内容に、大智は心臓が止まりかけた。

ワイドショーでは明日発売の週刊誌の記事を特集していた。

曰く、佐宗は従姉の女性との婚約が内々に決まっており、将来的には芸能界を引退し政界入りするのでは、という内容のものだった。

（やられた——）

佐宗は確かに婚約も政界入りも断った。だが、こうして根も葉もないことを公にされてしまえば、偽りでも真実のように受け止められてしまう。

『これ、本当なんですかね？』

『伯父の佐宗議員のコメントが取れてるということは、大筋で事実なんじゃないですか？』

スタジオでは驚きつつも、おめでたい話題として受け止められていた。

記事のネタ元として、彼らが堂々と名前を出してくるとは思わなかった。佐宗の宣言を無視し、本来の計画どおり外堀から埋めていくことにしたらしい。

『お相手の女性はどんな方なんですか？』

『まだそこまでは掴んでいないようですが、この様子なら近々お披露目があるんじゃないですか？いやー、楽しみですね！』

この不意打ちに、佐宗はどんな気持ちでいるのだろうと心配で堪らない。こんなときほど傍にいられたらよかったのに。

唐揚げが一つ残っていたけれど、もう喉は通りそうになかった。

(やっぱり、大変なことになってるんだろうな……)

昼休みからずっと佐宗に連絡を取ろうとしているのだが、まったく繋がらず、メッセージの返事も戻ってこない。各所への確認や訂正、根回しなど一朝一夕にはいかないことばかりのはずだ。

彼のことが心配で何も手につかないが、慌てたところで自分にできることなどほとんどない。せいぜい早く帰って食事を用意しておくくらいだ。

定時を待ち、大智は一刻も早く会社を出ようと立ち上がった。

「椎名くん、ちょっといいかな」

「はい？」

浮き足立っているところを武田に呼び止められる。いますぐ帰りたいけれど、無視するわけにもいかない。来週から現場に復帰できることになっているから、その詳しい話だろう。

落ち着かない気持ちを押し隠し、武田のデスクに出向く。

「その後足の具合はどうだ？」

「ギプスも外れましたし、日常生活には何ら問題ありません。正直、筋力は落ちていますが、すぐにトレーニングで取り戻せると思います」

「そうか、それなら安心だ」

大智の受け答えに安堵した様子で、武田は本題を切り出してきた。

「実は、君に指名の仕事が来てるんだ」

「えっ、俺に指名？　依頼人は誰なんですか？」

期待以上の働きをしたあと、次も同じメンバーでと依頼されることはある。だが、個人的に大智が名指しされたのは初めてだ。

「聞いて驚くな。何とあの佐宗康一議員直々のご指名なんだ」

「――――」

告げられた言葉に、大智は目を剝いた。

「佐宗議員は個人的なボディガードを探しているらしい」

「……どうして俺にそんな話が？」

「先日のイベント警護で甥御さんの佐宗さんを助けただろう？　あの件を買ってくれているようで、ぜひ君にということだ。仕事ぶりを見ていてくれる人がいるのはありがたいな」

「そう…ですね……」

こじつけの理由だということくらいわかる。実際はこの間のパーティで佐宗の恋人だと紹介されるまで大智のことを認識すらしていなかったはずだ。

直接ではなく会社を通して呼び出すことで、無視できない状況にしている。佐宗のほうをコントロールできないと見切りをつけ、大智にターゲットを絞ったというわけか。

(面倒なことになったな……)

下手な行動を取れば、佐宗の足を引っ張ることになる。慎重に対応しなければならない。依頼を断るということは、会社員としても許されないだろう。大智がどうしても受けられないと云えば武田は気持ちを尊重してくれるはずだが、彼が板挟みになることは目に見えている。

「——でも、国会議員にはSPがつくんじゃないんですか？」

「SPを動かせるような事案ではないんだろう。今回は私費で、ということだ。何でも事務所宛に怪文書がいくつも届いているらしいんだ。政治家にとっては日常茶飯事だとしても、気になる内容のものがあったそうだ。念のため警戒しておきたいということだろう」

陳情に紛れて、不穏な内容のものが届くという話は耳にしたことがある。だが、今回に関しては大智を呼びつけるための口実だろう。

「早速で悪いんだが、これから打ち合わせに行ってもらえるか？」

「え、いまからですか？」

「何せ多忙な方だろう？　近々だと今日しか時間が取れないと云うんだ。期間や警備計画なんかはこれからチームで取り組んでいくことになるが、まずは椎名くん本人と話をしてみたいとのことでね。もし先約が入っているなら断ってくれてもいいが……」

猶予もなく呼び出されたのは、こちらに準備をさせる時間を与えないためだろう。彼らには佐宗のスケジュールを把握することもそう難しくはないはずだ。

どう考えても喜べる状況ではないけれど、逆に彼らの思惑を探っておくのも悪くないのではないだろうか。

「――わかりました。これから伺ってきます」

17

会社でタクシーを手配してもらい、先日訪れたばかりの佐宗本家へと向かった。

「ありがとうございました」

タクシーチケットを渡して車を降り、門扉の前に立つ。そこは先日とは打って変わってひっそりとしていた。

（まさか、またここに来ることになるとはな……）

タクシーの中でも佐宗に電話してみたけれど、またも繋がらなかった。横やりが入らないよう、康一は敢えて彼の手が空かない時間を指定したのだろう。

こんなことなら、有馬の連絡先も控えておくべきだった。

康一に会う前に佐宗に相談しておきたかったのだが、こうなったら自分で考えて行動するしかない。状況を報告したメッセージに一刻も早く気づいてくれることを祈るばかりだ。

深呼吸をして、心の準備をする。

「大和(やまと)総合警備の椎名と申します。佐宗議員とのお約束があり伺いました」

『少々お待ちください』

インターホンを押して名乗ると、先日も出迎えてくれた竹本が応対してくれた。

「あら、貴方この間、司坊ちゃまといらっしゃった――」

「先日はお世話になりました」

あの日の騒ぎの内容は、竹本の耳にも入っているだろう。だが、彼女の眼差しに非難の色はなく、むしろ心配そうな表情をしていた。

「……こちらへどうぞ。旦那さまがお待ちです」

長い廊下を案内される。庭も見事だったが、家の中も和洋折衷な内装で歴史を感じる。

(とにかく下手なことだけは云わないようにしないと……)

万が一のことも考え、胸元にボイスレコーダーを忍ばせてきた。脅迫を受けた場合、証拠として使えるかもしれない。いまのうちに録音のスイッチを入れておく。

「旦那さま、お客さまをお連れしました」

「入れ」

竹本がその部屋のドアを開けると、中では康一と総二の二人が待っていた。

「やあやあ、よく来たね、椎名くん。こちらに呼びつけてしまってすまないな」

先日とは打って変わった康一のにこやかな態度に面食らってしまう。この猫の被り方はさすが政治家と云うべきか。

総二のほうは不機嫌さを隠しもせず、大智のほうを見ようともしない。この間のように嫌みをぶつけてこないのは、恐らく康一から云い含められているからだろう。

「この度は我が社へのご依頼ありがとうございます」

大智もすぐに我に返り、仕事用の顔で頭を下げる。

この二人が揃っているということは、やはり佐宗との交際についての話をするために大智一人を呼びつけたのだろう。ボディガードの依頼は出任せか、もののついでということだ。

予想どおりとは云え、緊張感が否が応でも増す。

「そこに座ってくれたまえ。先日は弟が大変失礼な態度を取ってすまなかったね。傷のほうはどうだい？」

「……もうすっかりよくなりました」

薄く傷跡は残っているけれど、瘡蓋（かさぶた）もなくなった。

康一に友好的な態度を取られれば取られるほど、薄ら寒い気分になる。彼から自分を懐柔しようという空気を感じるからだ。

大智に怪我をさせた総二は、そっぽを向いたままだった。

「君の会社の社長とは昔から懇意にしていてね。とてもお世話になってるんだよ。最近、顔を合わせていないがどうしているかな」

早速、康一は権力をちらつかせてくる。

「そうでしたか。お陰さまで変わりありません」

「さて、時間も勿体ないし前置きはこのへんにして本題に入ろうか。君も本当に警備の仕事の依頼で呼び出されたとは思っていないだろう？」

「……はい」

「もちろん、話し合いの結果次第では本当にボディガードを頼んでもいいと思ってるんだ。君は本当に優秀だそうだからね」

心にもないことを云っているのは、誰が見ても明らかだった。

「率直に云おう。司と別れてくれないか」

「――――」

予想どおりの展開だが、こんなに真正面から切り込んでくるとは。もっと大智を怯(おび)えさせ、自分から身を引くやり方をしてくると思っていた。

けれど、それだけ焦っているということなのだろう。

「もちろん、タダで身を引いてくれとは云わない。君にとって悪い話ではないはずだ」

「俺を買収するつもりですか？」

「買収なんて人聞きが悪いな。甥が迷惑をかけた慰謝料のようなものだよ。私にできることをしてあげたいと思っているだけだ」

「それなら放っておいていただけませんか？　司さんはもう大人です。彼には自由に生きる権利があります」

「そうだね、司が普通の家に生まれていたら、君のように好きに生きる権利があっただろう。だが、佐宗家のような家に生まれた人間には、相応の『義務』が生じるんだよ」

庶民にはわからないだろうと云わんばかりの態度だ。実際、大智には彼らの云い分が理解できなかった。

家の義務だというのなら、何故自分たちの都合のいいように扱おうとするのか。

「こういう仕事をしていると、色んなところに顔が利いてね。銀行の金の流れなんかも教えてもらえることがあるんだよ。君の口座にまとまった金が振り込まれたことは知っている。有馬くんの口座を使ったようだが、あれは司の金なんだろう？」

「——何のことですか？」

「あれの芝居につき合うための報酬だろう？　まあ、これは想像でしかないが概ね外れてはいないはずだ」

「…………」

肯定しても否定しても、やぶ蛇になりかねない。大智はぐっと黙り込んだ。

「いやいや、君を責めてるわけじゃないんだ。誰だって借金が返せる金額をポンともらえるなら、男の恋人のふりくらい容易(たやす)いだろうからね。だが、司のお遊びにいつまでもつき合う必要はないんだよ」

「俺は遊びで司さんとおつき合いしているわけではありません」

本気で彼を助けたい。そう思っている。

「この期(ご)に及んで芝居なんかしなくていい。そもそも、君はゲイじゃないらしいじゃないか。司に頼まれて、恋人のふりをしてるんだろう？」

「どうしてそう思うんですか？」

大智の周辺で聞き込みをしたとしても、真実などわかるはずもない。これまで男性とつき合ったことはないという事実から導き出したのかもしれないが、女性とだって交際したことはない。これまでは恋愛をする余裕もなかったのだから。

「もう黙ってられるか！　兄さんは手緩いんだよ！　どうせこいつは金目当てで司と恋人ごっこをしているだけなんだ。欲しいものをくれてやればいなくなる」

大智を懐柔しようとしている康一に業を煮やしたのか、ずっと黙っていた総二が口を挟んできた。

「総二、落ち着け。事を荒立てたいわけじゃないだろう？」

「もう十分荒立っているだろう！　こんな男、さっさと金で追い払ってしまえばいいんだ」

総二は銀行のマークが入った分厚い封筒を、乱暴にテーブルの上に放り投げてきた。その勢いで中から札束が零れ出る。

「！」

大智は下品な仕草に眉を顰めた。確かにずっと金に困ってきた人生だった。けれど、投げ出された札束に飛びつくような下世話な人間だとは思われたくない。

佐宗との契約も謂わば金による結びつきではあるけれど、いままではお互いにリスペクトし合った関係だと思う。問答無用に云うことを聞かせられているわけではない。

「君が欲しかった金だ。司からすでに報酬は受け取っているだろうが、これは追加の口止め料ということで受け取るといい。それを持って、私たち一族の前から消えなさい」

「……っ」

怒りと屈辱で腹の中が煮えたぎる。札束で頬を叩かれるのは、こういう気持ちなのか。

「お断りします」

「何だと？　これでは足りないということか？　君もずいぶん強欲だな。いいだろう、好きな金額を云いたまえ」

総二は胸元から小切手の冊子を取り出した。

「いくら用意していただこうが、あなた方の云うことは聞けないと云ってるんです」

大智がきっぱりと宣言すると、総二は信じられないものを見るような顔で大智を凝視する。康一はぽかんとした顔になったあと、弾かれたように大声で笑い出した。

「君もずいぶん頑固だね。この金を受け取らないなら、違う方法でさよならしてもらうだけだよ？」

「どういう意味ですか？」

「私たちが優しい提案をしているうちに頷いておけばよかったと後悔することになるだろうね。君だってあの会社には長く勤めていたいだろう？」

「……買収の次は脅迫ですか」

「いやいや、ちょっと質問させてもらっただけじゃないか。さっき云ったように社長とは親しくしてるし、君の会社の役員に警察ＯＢが多いのは知っているだろう？　副総監はゴルフ仲間でね。私が一言云えば、君なぞどうとでもできるんだよ」

「俺があなたたちの云うことを聞かなければ、会社に圧力をかけてクビにさせるということですか？」

胸元のレコーダーを意識し、遠回しの脅し文句を端的にまとめる。

「理解が早くて助かるね」

「それは脅迫以外の何なんですか？」

「だから何だというんだ。お前たちがやっていることだって、似たようなものだろう。佐宗家に生まれた者には義務があるんだ。好き勝手に生きる権利なんてないんだよ」

自分たち以外の人間を無自覚に見下しているのがわかる。

一人の人間であることを無視され、敷いたレールの上だけを歩かされてきた。脱線も休憩も許されない日々が、佐宗を追い詰めていったのだ。

（この人たちは自分が何をしてきたかわかってないのか？）

大智がわなわなと怒りに震えていると、玄関のほうから騒がしい足音が聞こえてきた。

「椎名くん！」

「佐宗さん――」

勢いよくドアが開け放たれて応接間に飛び込んできたのは、他でもない佐宗だった。その物々しい様子から、佐宗が取るものも取りあえず飛んできたということはわかる。

いま身に着けているダークグレーのスーツは、ドラマの衣装だろうか。

「撮影のあと、メッセージを聞いた。電話に出られなくてごめん」

「いえ、来てくれて助かりました」

「司、お前は呼んでないぞ」

「あなたたちに会いにきたわけではなく、僕は椎名くんを迎えに来たんです。——それは何ですか？」

テーブルの上の札束を目にした佐宗は、一瞬にして剣呑な表情になった。怒りを露わにする佐宗に対し、康一の物腰は柔らかだ。

「どうって、お前が聞き分けがないから彼に相談をすることにしただけだ。せっかく駆けつけたのに残念だったな。もう彼との話はついた」

「なっ……俺は何も了承していません！」

「ああ、そうだったね。金額でまだ折り合いがついていなかったかな」

「受け取れないと云ったはずです」

「おかしいな、さっきと云っていることが違う」

佐宗にも、大智への不信の種を蒔こうとしてくる。小さな不和を招き、二人の間に行き違いが生まれれば万々歳ということだ。海千山千の政治家の狡さを思い知る。

「相変わらずやり方が汚いですね。椎名くん、本当は何を云われた？」

「会社に圧力をかけることもできる、といった主旨のことを……」

「相変わらずあなた方はやり方が汚いんですね。こんな人間が政治や医療に関わってるなんて絶望感しかありませんよ」

「不満があるなら、お前がなればいい。医者でも政治家でも、その道は用意してやったじゃないか。それを捨てて、義務から逃げたのはどこの誰だ」

「僕は逃げたわけじゃ――」

「本当にそうか？　プレッシャーに負けて、逃避したんだろ。嫌なことがあったなら、どうして私に正面からぶつかってこない？　説得しようという気概もないのに偉そうに云うな」

「………」

　佐宗の勢いが弱まっていく。彼が敷かれたレールから外れたことに罪悪感を抱いていることには、大智も気がついていた。物心つく前からの呪縛が簡単に解けるはずもない。

（大体、逃げることの何が悪いんだ）

　苦しくて辛い場所から逃げるのは当たり前の話だ。だけど、真面目で優等生だった佐宗は後ろめたさを感じてしまうのだろう。

　そんな心の隙を見逃すはずもなく、康一は甘言めいた説得をしてくる。

「なあ、司。別にいますぐ政界入りしろと云ってるわけじゃないんだ。紀華との結婚が嫌なら佳華(よしか)でもいいし、あいつらが嫌だっていうなら好きな女を連れてこい。私たちに当てつけるためだけに男とつき合うふりをする必要なんてないんだよ」

「僕は――」

「何なの、騒々しいわね。これは一体何の騒ぎ？」

佐宗が振り絞るように反論しかけたそのとき、祖母の貴子が応接間に姿を現した。

「母さん！　出かけてたんじゃ……」

総二が焦りを見せる。大智を呼び出すことを、貴子には知らせていなかったようだ。

「これからお天気が悪くなるっていうから、予定を早めて帰ってきたのよ。せっかく靴を新調したのに濡れるなんて嫌だもの。それより、これは何の集まりなの？」

どう見ても穏やかな顔合わせには見えない。佐宗は立ったままだし、テーブルの上には札束がちらばっている。

「心配しないでください。司たちの将来に関わる大事な話をしているところです。お母さんを煩わせるようなことではありませんから」

「あら、そうなの？」

康一は貴子をやんわりとこの場から追い出そうとしている。彼女がいると都合が悪いのだろうか。

「いえ、お祖母さま。椎名くんはだまし討ちのような形で呼び出されて、彼らに脅迫を受けていたんです」

「何を云ってるんだ司。人聞きの悪い。椎名くんに来てもらったのは、私のボディガードをお願いしたかったからだよ」

「白々しいことを云わないでください。だったら、その金は何なんですか？」

「個人的なボディガードを頼むための報酬だよ。お前だって、椎名くんに支払ったんだろう？」

「ちょっと、何なのあなたたち。一体、何が本当なのよ」

それぞれの主張が食い違っているため、貴子は混乱しているようだった。

「あとでゆっくり説明しますから、お母さんはもうお休みになったらどうですか？」

「そうですよ、出かけて疲れてるだろうし早く寝たほうが」

「ちょっと！　人を年寄り扱いしないでちょうだい」

息子二人が自分を追い払おうとしていることはわかったらしく、憤慨している。

「す、すみません、そういうつもりでは……」

「だったら、どういうつもりだったって云うのよ」

さすがの康一たちも、母親には強く出られないようだ。

（もしかしたら――）

佐宗は貴子のことも懐疑的に見ているようだったが、先日のカミングアウトに対する反応を見ても彼らが一枚岩でないことは明白だった。

貴子なら佐宗の気持ちをわかってくれるかもしれない。家族喧嘩に発展しそうになる中、大智は声を張って割って入った。

「みなさん、俺の話を聞いてもらえますか？　貴子さんにも聞いていただきたいです」

途中から存在を無視されていた大智に全員の注目が集まる。

いつ発言を遮られるかわからないため、タイミングを計っている場合ではない。大智は緊張する自分を奮い立たせ、大きく息を吸い込み言葉を放った。

「あなた方の云うように、俺は、司さんから仕事を請け負いました。偽装結婚の相手になるというものです」

「椎名くん⁉」

大智の告白に、佐宗はこぼれ落ちそうなほどに目を剝いた。まさか、ここで大智に裏切られるとは――そんなふうに思っているのだろう。

「報酬も受け取っていますので、お金目当てと誹られても反論はできません。これが彼と交わした契約書です」

胸元から書類を取り出す。どこに隠すよりも自分で身に着けているのが一番安全だと判断し、肌身離さず持ち歩いていた。

「ほら見ろ！　やはりこの男は金が目的で私たちを騙すつもりだったんだ！」

総二は我が意を得たりと嬉しそうにわめいた。

「静かにしていてください。人が話をしているときは黙って聞くものだと教えてもらえなかったんですか？」

「なっ……失礼な――」

「黙りなさい、総二。私はお前にそう教えましたよ？」

「か、母さん……」

意外なところからの助け船に驚いたが、このチャンスを逃すまいと言葉を続ける。

「亡き父の借金を早く返したいという気持ちもありましたが、司さんに協力しようと思ったのは、彼が自由に生きるために自分が役に立てるのではと思ったからです」

違法なことや遊び半分のことだったとしたら、きっぱりと断っていただろう。引き受ける意義があると思ったからこそ、無茶な依頼を承諾したのだ。

「もちろん、当初はただの雇用関係でした。ですが……司さんと過ごすうちに、僕は彼自身に惹かれていきました。彼のように誠実で優しくて思い遣りのある人を好きにならないわけがないですよね」

彼の恋人の演技に呑まれていった部分もあるかもしれない。けれど、俳優としてだけでなく、佐宗の人間性に魅了された。

「初めは司さんの演技力に引っ張られているだけだろうと思っていました。偽の婚約者を演じているのに本当に好きになってしまってはダメだと自分に云い聞かせていましたが、もうこれ以上自分に嘘はつけません」

そこまで云って、大智は一度大きく深呼吸をした。そして、改めて口を開く。

「俺は司さんを心から愛してます」

「椎名くん――」

大智にとって、一世一代の告白だった。

自分は所詮、偽の恋人であり、偽の婚約者だ。もちろん、それは重々わきまえている。けれど、それと同時に彼を想うことはおかしいことではない。

その場がしん、と静まり返る。佐宗も呆然と立ち尽くしていた。沈黙を破ったのは佐宗の父親である総二だった。

「茶番もいい加減にしろ！　いつまでも子供じみた我が儘が許されるわけがないだろう!?」

総二は真っ赤な顔で怒鳴りつけてくる。佐宗は幼い頃からこうやって恫喝されてきたのだと思うと、改めて怒りに胸が震える。

「我が儘なのはあなたたちのほうじゃないですか。息子のことは何でも知ってて自分の思い通りになると思ったら大間違いです」

「何!?」

「司さんがどんな気持ちでこの計画を考えたかわかりますか？　ここまでしなければ、家族の呪縛から逃れられないと思ったからじゃないですか。お願いします！　司さんを尊重し、彼を自由にしてあげてください」

大智は立ち上がり、深々と頭を下げる。

彼の云うようにこれは茶番だ。けれど、ここまですることになった原因が自分たちにあることにいい加減気づいて欲しい。

「お祖母さま、父さん、伯父さん。申し訳ありません。確かに僕たちは嘘をついていました」

佐宗は大智の隣に立ち、一緒に頭を下げる。彼の口から「父さん」と呼びかけられるのを聞くのはこれが初めてだった。

「彼の云うように、父さんたちの薦める婚約を断る口実として、僕は彼に恋人のふりを頼みました。僕たちは愛し合うふりをしていたんです。だけど、僕も彼と二人で過ごしているうちに、いつしか離れがたい存在になっていました。いまは本当に、心から彼を愛しています」

顔を上げた佐宗は大智の瞳をまっすぐ見つめてそう云った。

「佐宗さん……」

佐宗は大智の手をぎゅっと握り、視線を貴子や総二へと向ける。大智は彼の手を強く握り返した。

「僕は幼い頃から人目を——父さんからの評価を気にして生きてきました。息苦しさを感じる中で、芝居をしている間だけは息が吸える気がしたんです。でも、椎名くんと二人でいるときは自分以外の誰かになることなく、自然に振る舞える。一緒にいると、ただそれだけで楽になるんです」

佐宗の告白に胸がいっぱいになる。

大智への愛の言葉は演技の一環かもしれない。けれど、この瞬間においては真実だ。それだけで報われた気持ちになった。

結婚して欲しいと云われた日から今日まで、たくさんの時間を彼と過ごしてきた。彼の考え、仕草、話し声、笑顔——知れば知るほど、自分の中の佐宗の存在が大きくなっていった。

「何を寝言を云ってるんだ。愛だと？　そんなものは子供の戯れでしかない。結婚に愛なんて必要ない！」

「父さんは母さんのことを愛してなかったんですか？」

「いまはそんな話をしてるんじゃない！」

「僕は愛する人と、彼と共に生きていきたいと思ってます。彼との契約は無効になりましたから、これから改めてプロポーズするつもりです」

「そ、そんなことを云ってどうなるかわかってるのか⁉　まずはお前の事務所を潰してやる。スポンサーを一社残らず排除してやる。簡単に仕事を続けられると思うなよ。なあ、兄さんも何か云ってくれ」

「いい加減になさい！」

貴子の一喝が部屋に響く。その鋭さに一同息を呑んだ。さすがの迫力に、大智も怯んでしまう。

一足先に我に返った総二は、貴子を味方につけようと阿るように同意した。

「そうですよ！　母さんからも何か云ってやってください」

「いい加減にしてちょうだい。黙るのはあなたたちのほうよ」

「え？」

総二は虚を突かれた顔になる。

「司の意志がここまで硬いと知っていたら、紀華との婚約を進める気なんてなかったわ」

「お母さん、何を云ってるんですか！」

康一も青い顔をしている。こんな展開になるなんて想像もしていなかったようだ。

「愛する孫二人が結ばれて、佐宗の家と地盤を継いでくれたらどんなに幸せかと思ったのよ。だけど、それはお互いを昔から憎からず想い合っていたと聞いていたから後押しをしたんじゃないの。私に嘘をつくなんて何を考えていたの？」

「いや、それはちょっとした行き違いがあって……」

康一たちの歯切れが悪い。それなりの地位にある彼らも、真の家長である母親には大きい顔はできないようだ。

「司も司です。私がそんなに信用できないの？　いくら私が世間知らずといっても、孫に悲しい想いをさせるような人間ではありませんよ。役者になるときだって、一言もないなんて不義理にも程があります。あなたのお父さんのせいで不信感があるのかもしれないけれど、悩んでいることがあるなら私に相談なさい」

「お祖母さま……」

佐宗の顔は、まるでようやく見つけてもらった迷子の子供のようだった。

「男の人を好きになったからって、気負う必要なんてないのよ。人を愛する気持ちに貴賤はありませんからね。私だって、お祖父さんとは反対を押しきっての結婚だったのよ」

「そうだったんですか!?」

祖父母の馴れ初めを初めて聞いたらしく、佐宗を始め、康一たちも驚きを隠せない様子だった。

「あの時代に私のような立場の者が、ただの書生と結婚するなんて本来は許されないことでしたからね。だけど好きな人がいるのに、私は親の決めた相手となんて添い遂げたくなかったの」

佐宗の意志の強さは、祖母ゆずりだったのだ。

「司が地盤を継がなくても佐宗家はどうとでもなります。まだこの私がいるんですからね」

康一も総二も鳩が豆鉄砲を食らったような顔のまま、言葉を失っている。思惑が外れた状況が受け入れがたいのだろう。

「いいこと司？　式と披露宴は私に相談するように。勝手にやろうだなんて考えは絶対に許しませんからね」

「承知しました、お祖母さま」

そっと見上げた佐宗の表情は、今まで見た中で一番晴れ晴れとしていた。

繋いだ手をさらに強く握る。いまはもう二人の間に言葉などいらなかった。

18

張り詰めた焦燥感の中、駐車場から部屋まで歩く間、二人は無言だった。

ガチャン、と佐宗の自宅の玄関ドアが閉まった音がした瞬間、後ろからキツく抱きしめられる。首筋に顔を埋められ、肌を唇で探られた。

「ちょ、ちょっと待ってください」

「待てない。いますぐ君が欲しい」

佐宗の気持ちはわかる。大智だって、一秒でも早く佐宗を感じたい。けれど、きちんと確認しておかなくてはならないことがある。

「あ、あの、佐宗さん、さっきの言葉って……あれは演技ですよね？」

「演技してるように聞こえた？　そうか……なら、これからは本心だってわかってもらえるよう努力しないと」

「え？」

「言葉よりも体で伝えたほうがいいかもな」

「……ッ」

まるで犬がじゃれつくように、顔中にキスの雨を降らされた。柔らかな唇の感触が触れた場所から熱くなっていく。

「待ってください、佐宗さん」

「さっきみたいに名前で呼んで」

「え……」

急に下の名前で呼べと云われても困る。改まって口にするには気恥ずかしい。だが、期待に満ちた眼差しで見つめられ、折れるほかなかった。

「つ、司、さん？　──んむっ、ン、んー……！」

名前を呼んだ瞬間、熱烈な口づけをされる。

何もかも奪い去るような激しいキスに目を瞠る。触れるだけのキスでも電流が走ったみたいに体が震えるのに、荒々しく唇を貪られて息が止まった。

心の準備もできないまま、唇を食まれ、甘噛みされる。そうやって貪られているうちに唇が腫れぼったくなってきた。

「ふは……っ、ンン、んー……っ」

息苦しさに喘ごうとしたら、開けた唇の隙間から舌先が忍び込んできた。歯列を割られ、口の中を舐められると背筋がぞくぞくと震えた。

「んぅ、んん、ん」

捻じ込まれた舌に、問答無用で口腔をかき回される。

こんな嵐のようなキスがあるなんて、微塵も想像していなかった。何もかも奪い去られそうな激しさに、頭の中まで掻き回されているかのようだ。

舌同士が擦れる未知の感覚に戸惑いつつ、その蕩けるような心地よさに思考がぼやけていく。

「んっ、ちょ、待っ——んんん」

一瞬唇が離れたと思っても、すぐに角度を変えて塞がれる。

腰が抜けそうになっていたけれど、渾身(こんしん)の力で佐宗を引き剝がす。これほど鍛えていてよかったと思ったことはない。

「待ってって云ってるのに！」

「ごめん、つい。他に気になることでもある？」

ぜえぜえと肩で息をしながら、これだけはという主張をした。

「先にシャワーを浴びさせてください」

今日は緊張でかなり汗を搔いた。一秒たりとも離れたくない気持ちはあったけれど、それ以上にこんな体で佐宗に身を任せることには抵抗があった。

「何だ、そんなことか。別に気にしなくていいのに」

「俺が気にするんです……！」

佐宗に熱っぽく見つめられるとうっかり流されてしまいそうになるけれど、必死に理性をかき集める。

「よし。じゃあ、二人で浴びよう」

「え？　二人でって一緒にってことですか⁉」

「そのほうが早いだろ？」

制止する間もなく、佐宗は大智の腕を引いて脱衣所へと連れ込んだ。

一人で体を洗いたかったのだが、聞き入れてもらえなさそうな雰囲気だ。ここで尻込みするのも男らしくないと腹を括り、シャツのボタンに手をかける。

「ダメだよ、君の服を脱がすのは僕の役目だからね」

「……そうなんですか」

こういうことをするのは生まれて初めてだから、マナーやタイミングがよくわからない。

背後から抱き竦めるような体勢で一つずつボタンを外され、肌が晒されていく。羞恥と緊張でどうにかなりそうだった大智の胸の尖りに佐宗の指先が触れてきた。

「あっ」

未知の感覚に、喉の奥が鳴る。そのまま指の腹で撫でられ、押し潰される。これまで意識したことのない場所を弄ばれ、あまつさえ感じてしまうことに戸惑いを覚えた。

「もう尖ってる」

「さ、寒いからかと……っあ！」

体の変化が恥ずかしくて云い訳をすると、佐宗は小さく笑う。

「かわいい」

「んっ、あ、あ……っ」

しつこく弄られているうちに、そこが一層敏感になっていく。二つ同時に強く捏ねられると、下腹部が熱くなった。

「あ、あの、シャワーを……っ」

「うん、わかってる。でも、こっちももうキツいんじゃない？」

「……っ」

張り詰めた股間を撫でられ、四肢が強張る。誰かにそこを触られるのは初めてだった。好きな人に生々しい体の変化を知られるのは恥ずかしい。

「待っ――」

ウエストを緩められ、下着の中に手を差し込まれる。ガチガチに張り詰めた自身を握り込まれ、息を呑んだ。

「大丈夫、僕に任せて」

「や……っ、あっ、あ、あ！」

佐宗のあのすらりとした白い指が自分のものを慰めているのかと思うと、それだけで体が熱くなる。彼の指遣いは巧みで、泣きたくなるほど感じてしまう。

「あ、はっ、く……！」

喘ぐような自分の声が恥ずかしく、必死に歯を食い縛る。きっと佐宗だって大智のこんな声は聞きたくないに違いない。

「どうして声を我慢するの？　気持ちいいならもっと聞かせて」

耳元で囁かれ、吐息がかかる。

「……っ、恥ずかし…から……っ」

「僕は椎名くんの恥ずかしいところがもっと見たいんだけどな」

「ひぁっ」

意地の悪い発言と同時に先端の窪みに爪を立てられ、声を抑える余裕もなくなった。佐宗は体液が滲んで滑るそこをしつこく刺激する。

「あっ、あ、あ——…！」

巧みな指使いに追い立てられ、もうわけがわからない。一際強く抉られた瞬間、目の前が真っ白になった。びくびく、と小刻みに下腹部を震わせ、大智は佐宗の手の中で終わりを迎えてしまった。

「椎名くん、大丈夫？」

強すぎる快感の衝撃にへたり込みそうになったけれど、意地で足を踏ん張った。

「シャワー、浴びようか」

綻ぶような笑顔を向けられ、首を横に振ることなどできなかった。

無事シャワーは浴びさせてもらえたけれど、大智はすでに息も絶え絶えになっていた。爪先から頭の天辺まで佐宗の手で丁寧に洗われたせいだ。

体中優しく洗う手つきに翻弄され、何度もイカされてしまった。

(しかも、あんなところまで洗われるなんて……)

男同士での行為がどんなことをするのか、あの瞬間まで具体的には考えていなかった。体の中を探られるということがどれだけ心許ないことなのかわかっていなかった。

必要な手順なのだろうが、初心者の大智には刺激が強すぎた。その結果、立っていられなくなり、佐宗に寝室まで抱いて運ばれたというわけだ。

「椎名くん、水を飲んだほうがいい」

「ありがとうございます」

熱いシャワーを浴び続けていたこともあり、少しのぼせている。ペットボトルを受け取ろうとしたけれど、佐宗は自分で水を口に含んでから大智に飲ませてきた。

「んっ……」

柔らかな唇が触れ、冷たい水が口腔に流れ込んでくる。喉が渇いていたらしく、もっと欲しいと求めてしまう。大智の求めに従い、何度か繰り返された。

水を飲み下したあと、ひんやりとした舌が入り込んでくる。佐宗は大智の口腔を探り、舌を絡めた。欲しいのは水なのかキスなのかわからなくなってきた。

「もっと――」

離れていきそうになった唇に自ら吸いつき、佐宗の頭を引き寄せる。求めるままに深い口づけをされ酩酊（めいてい）してしまう。

触れている部分から蕩け、混じり合っているような錯覚を覚える。上手く飲み下せない唾液が口の端から伝い落ちていく。

「ふは……っ」

唇が解放され、勢いよく空気が肺に流れ込んできた。

大智の唇を貪っていた佐宗の唇は顎や首筋を辿ったあと、バスローブを開いて腫れぼったくなった乳首に吸いついた。

「あ……っ」

強く吸われて喉が鳴る。さっきも散々弄られたため、そこはすっかり赤くなっている。男でも乳首が感じてしまうなんて、今日初めて知った。

舌の上で転がされれば背筋がぞくぞくと震え、軽く歯を立てられれば体が跳ねる。すでに兆しかけていた自身は、その刺激でさらに張り詰めた。

「怖いことはしないから、力を抜いて」

佐宗は四肢を強張らせている大智の体を優しく撫でる。覚悟を決めて足の力を抜くと、バスローブの腰紐を解かれて下半身も暴かれた。

「……っ」

反り返った自身を改めて凝視されるのは恥ずかしい。照明を消してもらっておくべきだったと後悔したけれど、この期に及んではいまさらだ。

バスルームで触れられたように慰められるのだろうと思い身構えていたけれど、佐宗の行動は想定外のものだった。

「!?」

自身のバスローブを脱ぎ捨てたかと思うと、硬く張り詰めた大智の先端に口づける。あまりのことに、大智の全身の血液は一気に煮えたぎった。

「大丈夫、嚙んだりしないから」

手で触れられるだけでも逃げ出したくなるくらい恥ずかしいのに、口でされるのは初心者には刺激が強すぎる。

「やめ——」

制止したかったけれど、そそり立った屹立を根元から大きく舐め上げられ、言葉を失った。

どこよりも敏感な場所に熱く濡れた舌が絡みつく。その感覚に神経が焼き切れてしまいそうだった。

「ぅあ、あ、ぁあ、あ……っ」

情けない声を出したくないのに、勝手に喉をついて出てしまう。同時に根元の膨らみを揉みしだかれ、全てを支配されているようなものだった。

やがて佐宗は先端をまるごと口に含む。濡れた音を立てながら、大智を容赦なく追い詰めていく。自分のものが食べ物のようにしゃぶられている光景は刺激が強すぎたが、どうしても目を逸らせない。

「や、あ、あ…あぁ……」

怖いくらいに気持ちいい。未知の感覚に思考が霧散していく。強すぎる快感に惑乱し、自分がどこにいるのかさえわからなくなりかけた。

「ひゃ……！」

後ろの窄まりに冷たいものを塗られ、俄に意識がはっきりした。

見ると新品と思しきローションのボトルがシーツの上に転がっている。一体、いつの間に用意してあったのだろう。

そのとろりとした液体を使って揉みほぐされる感触に身を竦めてしまう。佐宗は焦らすように撫でたあと、慎重に指先を押し込んできた。

「んっ」

すらりと長い彼の指は躊躇いもなく奥まで入り込む。内壁をぐりぐりと刺激されるたびに大智の腰が浮いた。

「ぅあっ、や、あ、あ……っ」

指を増やされ、中を押し広げられていく。

「ひあ……っ」

「気持ちいいところ教えて」

「は、はい」

「こうされるの好き？」

「やっ、あっ、あ、あ！」

勝手に声が押し出されるせいでまともに答えを口にできなかった。

「もっと力抜ける？」

佐宗の問いに首を横に振る。自分の体なのに自分の思うように動かせなくなっている。

「じゃあ、こっちに集中して」

再び大智の昂ぶりを飲み込んだ佐宗は、さっきよりもキツく締めつけた唇の裏で擦る。探り当てられた場所ばかりを責められ、目の前がチカチカとハレーションを起こした。

絡みつくような舌の動きにも翻弄され、もうどこに意識を向けていいかわからず、大智は思考を放棄する。一際キツく吸い上げられた瞬間、何度目かわからない終わりが訪れた。

「〜〜〜っ」

声にならない声が上がる。大智は佐宗の口の中で果ててしまった。

達すると体力を使う。もう指一本だって自分の意思では持ち上がらない。脱力し、四肢を投げ出していた大智の膝が深く折り曲げられる。

「え……？」

不自然な体勢に目を瞬いていると、唐突に謝られた。

「ごめん、でももう僕も限界なんだ」

佐宗は自分の下着を押し下げ、昂ぶった自身を露わにした。ガチガチに張り詰めていることが、触らないでもわかる。

あれが自分の中に入ってくるのかと思うだけでくらくらと目眩がした。

「あ……っ⁉」

熱いものが押し当てられた矢先、そのまま押し込まれる。指とは比べものにならない大きさのものが、大智の中へ入ってきた。

「あ…あ、あ……」

「く……」

彼の分身が、猛り、大智を犯している。その事実だけで再び達してしまいそうになる。佐宗は眉を顰め、苦しそうな表情で自身を収めきった。彼の昂ぶりは大智の腹の中でドクドクと力強く脈打っていた。

粘膜から直に伝わってくる熱さと感触に目が眩む。指でしつこく慣らされていたお陰で痛みはないけれど、圧迫感はすごかった。

「苦しくない？」

気遣う佐宗にゆるゆると首を横に振る。

「平気、です」

抱き合いたいと思うのは、限りなく近くにいたいからだ。どんなに愛し合っても、人は一つに溶け合うことはできない。

だからこうして体を繋げ、お互いの熱を交わらせようとするのだろう。

「すごく熱い。溶かされそうだ」

「俺も――んっ」

しっかりと繋がり合った体を揺すられ、背筋に甘い震えが走る。最初は緩やかだった律動は少しずつ激しさを増していった。振動は快感に変換され、大智の体を溶かしていく。

「あっ、あっ、おねが、ゆっくり……」

激しさを増していく律動に戸惑い、佐宗に縋るような眼差しを向けてしまう。大智を責め立てる彼の表情はいつになく余裕がないものだった。

「ごめん、もう手加減できそうにない」

「ア、あ、ああ……っ」

佐宗は密着するように揺らしていた体を起こすと、自分の膝を大智の腿の下に入れ、摑んだ腰を自分のほうへと力尽くで引き寄せた。

「ぅあっ」

勢いよく奥を突き上げられた大智は反射的に背中を反らす。熱いもので内壁を擦られる快感は怖いくらいに気持ちがいい。

「あ、ア、ああっ」

深い抜き差しを繰り返され、敏感なそこは腫れぼったく疼くような感覚に支配された。

粘膜を擦り上げられるたび、甘い震えが尾てい骨から背筋を通って駆け上がってくる。無意識に締めつけてしまうせいで狭くなったそこを佐宗はやや強引に突き上げた。

「ああ……っ、あ、あ、あっ……」

「僕を見て、大智」

「……ッ、あっあ、あ、あ」

こんなときに名前を呼ぶなんて狡い。絡んだ視線のせいで、感覚がさらに鋭敏になる。荒々しい突き上げに、大智は啜り泣くように喘いだ。

「司、さん……あ…ああ……っ」

奥を繰り返し突き上げられるうちにあまりの熱さに蕩けて、いつか混じり合ってしまうのではないだろうか。

「あっあ、あ、あ――」

追い上げが激しさを増す。容赦なく責め立てられ、追い詰められる。欲望を爆(は)ぜさせたその瞬間、

体の奥に熱いものを感じた。

「……ッ」

大きく息を吐いた佐宗が大智の上に落ちてくる。汗ばんだ背中に腕を回すと、蕩けた大智の顔を覗き込み、愛おしそうに髪を撫でてくれた。

「司さん」

言葉の代わりに口づけられる。いまはただお互いの存在を感じるだけで心が通じ合った。


わけがわからなくなるくらい激しく抱き合ったあと、二人ともベッドに倒れ込んだ。横たわったまま、お互いに見つめ合う。

「大丈夫？」

上がりきった呼吸が落ち着いてきた頃、佐宗が優しく頭を撫でてくれた。

「……はい……」

普段から鍛えているため体力には自信があったけれど、終わりのない快感に溺れさせられるという初めての経験に、まだ全身が熱に浮かされたようになっていた。

「――君が偽装結婚のことを暴露したときは、驚いたよ」

「すみません。だけど、俺の気持ちを信じてもらうには、何もかも洗い浚い話すしかないと思ったんです」

嘘に一つ真実が混じればそれらしくなるというが、逆に真実に一つでも嘘が混じると何も信じてもらえなくなる。

「お祖母さまが僕たちのことを認めてくれたのも、椎名くんのお陰だよ。僕だけじゃきっとわかってもらえなかった」

「そんなことありません。佐宗さんだって、あんなふうに云ってくれたじゃないですか」

——僕は愛する人と、彼と共に生きていきたいと思ってます。

彼らの前で告げられた言葉を思い出す。もしかして、彼も自分のことを——と思ったことはあったけれど、あそこまで想ってくれていると初めて知った。

「先に君に直接伝えておけばよかったって後悔してる。あんな場で云うなんて、演技か嘘かわからなくなるだろ」

「あの言葉は全部……」

「本心だよ。嘘も演技も混じってない。本当はずっと前から君のことを本気で好きになってたんだ」

「！　ずっと前って、佐宗さんはいつから俺のことを……？」

「最初に会ったときから好ましいと思ってた。実は君に出逢ったから、偽装結婚のことを思いついたんだ」

「そ、そうだったんですか」

そんなふうに自分のことを想ってくれていたと知り、気恥ずかしくなる。

「云い訳になるけど、これでも最初は君を恋愛対象として見ないようにはしてたんだ。いくら高額の報酬だとしても、厚意で依頼を受けてくれた相手を好きになるなんて公私混同も甚だしいだろ」

「それはまあ……」

「だけど、君の真面目で不器用なところやお人好しで優しいところにどんどん惹かれていった。お祖母さまの誕生パーティのときに、俺を守るって云ってくれただろ？　あの瞬間、完全に落とされた」

「落とされたって……」

「今日はそこに止めを刺されたよ。椎名くんの気持ちを聞かせてもらえて嬉しかった。あんなに熱烈に僕を想ってくれてたなんて……。あれは演技じゃなかった。棒読みじゃなかったものね」

「恥ずかしいから忘れてください」

さっきは夢中だったけれど、本来はあんなふうに人前で口にするようなことではなかったのだ。

「何云ってるんだ。一生忘れないに決まってる」

「……っ」

佐宗はそう云いきった。

「何度も云うけど、君に出逢えてよかった。いまの幸せな気持ちは言葉にならない。できるならこの胸の中を開いて見せたいくらいだ。心から君を愛してる」

熱烈な言葉に圧倒される。けれど、大智も同じような気持ちだった。どんなに言葉を尽くしたって、佐宗へのこの溢れる想いは表現しきれない。

世の恋人たちは、どんなふうに愛を伝え合っているのだろう。

「──そうか。これが愛してるってことなんですね」

気づいたことをぽつりと呟くと、佐宗は固まった。

「佐宗さん？」

「……椎名くんは僕を動揺させる天才だな。本当にそういうところも敵(かな)わないよ」

「え？」

佐宗は堪えきれないといった様子で笑い出す。

(俺、何か可笑(おか)しいこと云ったか？　……まあでも、楽しそうだからいいか)

このところ胃が痛そうな顔ばかりしていた佐宗だが、これからは憂いなく過ごせるはずだ。夜闇の中、大智は窓から差し込む月明かりに照らされた彼の顔を見つめ続けた。

19

「椎名、佐宗議員の件は残念だったな」

「すみません、期待にお応えできなくて」

　佐宗康一からのボディガードの依頼は、向こうから取り下げられた。その代わり、貴子の持つ会社の一つから新たな長期契約の打診が入っている。

　大智の面子を守るために手を打ってくれたのだろう。武田も満更ではなさそうだ。

「いや、怪我が治ったばかりの君に頼むのはよくなかったかもしれないと思い直してね。私も勇み足だった」

「いえ、今後も精進します」

　今回ぬか喜びさせてしまったぶんも挽回できるよう頑張るつもりだ。

「そういえば、今日も弁当じゃないんだな。美味い蕎麦屋がこの近くにできたんだが、一緒にどうだ？」

「ありがとうございます。お誘いは嬉しいんですが、今日は社食の定食が食べたくて」

「月曜はフライの盛り合わせだったか？　さすがにまだ若いねえ。もう私は油物はキツくなってきたよ」

たくさん食べてこいとオフィスから送り出された大智は、社員食堂へと急いだ。

今日は先日のスクープを否定するための佐宗の記者会見が予定されている。大智にも見て欲しいとのことで、会社の昼休みの時間に合わせてくれたらしい。

（よかった、間に合ったみたいだな）

テレビのある社員食堂に出向き、端の席で待機する。一応、定食を注文したけれど、緊張で食欲など欠片もなかった。

「今日の司さまの記者会見って何かな？」

「そりゃ、婚約のことでしょ。結婚は仕方ないけど、俳優はやめないで欲しいよね」

「政治家になっちゃうのかな？」

彼女たちはまだ先日のスクープの内容を信じ、そこからの推察に花を咲かせている。

大智の名前や素性は伏せられることになっているが、性別は発表すると云っていた。パートナー申請はこれからだ。二人で書類を出しに行こうと話し合っている。

（……緊張してきた）

徐々に速度を上げてきた鼓動のせいで、口から心臓が飛び出そうだった。

落ち着かない気持ちで逃げ出したくて堪らなかったけれど、佐宗の隣に立っていない以上、テレビを見守るくらいはしなくてはならないと自分を奮い立たせる。

佐宗から受け取った『偽装結婚』の報酬は、宣言どおり返金することにした。返さなくていいと云われたけれど、大智にもケジメというものがある。

この件はまだ話し合いの結論が出ていないため、佐宗名義の口座に少しずつ返済し、積み立てていくつもりだ。

「あっ、始まった」

ワイドショーがコメンテーターのいるスタジオから、記者会見の現場の映像に切り替わる。

会見場に姿を現した佐宗が、ゆったりした足取りでマイクの前に歩み出た。シンプルな白いシャツが、彼の魅力を引き立てている。

佐宗の薬指にはお揃いのリングが塡められている。大智は自分の指輪に触れながら、深呼吸をした。

『皆さま、本日はお集まりいただき――』

よく通る声がテレビのスピーカーを通して聞こえてくる。大智は背筋を伸ばし、佐宗の言葉を固唾(かたず)を呑んで見守った。

あとがき

初めまして、こんにちは。藤崎都(ふじさきみやこ)です。

この度は拙作をお手に取って下さいましてありがとうございました！


今回のテーマは『偽装結婚』でした。

出会い頭（お話の都合上、二回目の対面時になりましたが）にいきなりプロポーズして欲しい！　というところからお話を考えてみました。

恋人（婚約者）のふりをしていただけだったのにいつしか惹かれ合い……というのは、古くからある王道シチュですが、やっぱり王道はトキメキますね！

ぎこちないやり取りや不慣れなデート、自分の気持ちに気づいたときの戸惑いなど楽しく書かせていただきました。

読んでくださった皆様にも楽しんでいただければ幸いです。よろしければご感想など聞かせてくださいね。


なかなか以前のような日常が戻ってきませんが、どんなふうに過ごされてますか？

あとがき

　私は自由にお出かけできない鬱憤をお菓子作りにぶつけていたのですが、そのせいか体重も最高値に……。

　昨年行きにくくなったジムを退会してから運動不足気味の生活が続いていることもあり、このままではさすがにまずいので一念発起して走り始めてみました。

　体力も落ちまくってて、短距離でぜぇはぁいってます（苦笑）。いまのところ半月ほど続いているので、少なくとも梅雨に入るまでは頑張りたいと思います。

　あっという間に春が来たと思ったら夏ももう目の前で、時間の流れの速さに取り残され気味ですが、うがい手洗いをマメにしながら過ごそうと思います。

　落ち着かない世の中ですが、皆様もどうぞご自愛くださいね。

　最後になりましたが、今回も素敵なイラストを描いてくださいました円之屋（まるのや）穂積（ほづみ）先生、本当にありがとうございました！

　ラフで拝見した佐宗が、想像以上に爽やかで男前でトキメキました！　大智も凛々しくてカッコよくて眼福（がんぷく）です。表紙もとても華やかにしていただけて嬉しかったです！

　担当様にも大変ご迷惑をおかけしてしまい、申し訳ありませんでした。素敵なタイトルもつけていただきありがとうございます！　次回はお手間を取らせないよう頑張ります。

　出版にあたり、お世話になりました皆様にもお礼申し上げます。

そして、この本をお手に取って読んで下さった皆様にも改めて感謝を。ありがとうございました！　このお話が一瞬の息抜きになってくれていると嬉しいです。

それでは。またいつか、どこかでお会いできますように！

二〇二一年五月　藤崎都

竜人は十六夜に舞い降りて

りゅうじんはいざよいにまいおりて

藤崎 都

イラスト：小山田あみ

定価957円

サラリーマンの秦野螢は、母を亡くしたことがきっかけで父とは疎遠なまま暮らしている。亡くなった祖父は、怪我をあっというまに治したり竜人の出てくる昔話をしてくれたりと不思議な人だった。そんなある日、会社でいつも螢にちょっかいをかけてくる寺内から、倉庫で襲われてしまう。危機を感じた螢は、つい、祖父の形見であるペンダントを握りしめ、助けてと祈ってしまう。すると、突然光があふれ出し、オリエンタルな雰囲気の美形すぎる男が現れる。グレンと名乗るその男は、螢の願いによって異世界から飛んできたといい、さらに祖父の親友だと言い出して——!?

リンクスロマンス大好評発売中

子育て男子はキラキラ王子に愛される

こそだてだんしはきらきらおうじにあいされる

藤崎 都

イラスト：円之屋穂積

定価957円

営業マンの巽恭平は、亡き姉の一人息子で幼稚園児の涼太と二人暮らし。日々子育てと仕事に追われる中、密かな楽しみはメディアでも騒がれるほどのパーフェクトなイケメン広報・九条祐仁のストーキングをすることだ。がたいがよく強面な自分の恋が叶うはずがない、遠くから見ているだけでいい——そう思っていたけれど、ある日ひょんなことから巽がストーカーをしていることが九条にバレてしまう！ところが九条は平気な様子で、むしろ「長年のしつこいストーカーを追い払うため」と称して巽に偽装恋人になってくれと言ってきて…!?

拾った熊が僕のベッドに棲んでいます。

ひろったくまがぼくのべっどにすんでいます。

藤崎 都

イラスト：金ひかる

定価957円

ある朝目覚めたら、僕のベッドに大きな熊が寝ていました――。両親を亡くし天涯孤独に生きる大学生の深月。唯一の楽しみは大ファンのギタリスト・旭の演奏を聴くことだったが、ある日その旭が怪我をして行き倒れているところに遭遇してしまう!! 何やらわけありそうな彼の身を案じて自宅に連れ帰った深月。すると翌朝、大きな赤毛の熊に姿を変えた旭がそこにいて…!? 赤熊族の御曹司と孤独な青年のほろ苦ハートフル・ラブ♡

リンクスロマンス大好評発売中

騎士王子は月の下で愛を囁く

きしおうじはつきのしたであいをささやく

藤崎 都

イラスト：小禄

定価957円

隣国のレアリウス王国へ国交回復の交渉使節として赴いたユシュタル皇国の第一皇子・リシュカは、同時にレアリウスの第二王位継承者にして千人力の武将として名を轟かせるヴィルフリード王子を暗殺するという密命を帯びていた。国境近くの砦で野党に襲われたリシュカ一行は、運よく国境警備の騎士団に助けられる。長身で屈強ながらも大変な美貌を持つ騎士団長に目を奪われるリシュカだが、やがてその団長が、暗殺対象のヴィルフリードその人であることを知ってしまい…!?

LYNX ROMANCE

小説原稿募集

リンクスロマンスではオリジナル作品の原稿を随時募集いたします。

募集作品

リンクスロマンスの読者を対象にした商業誌未発表のオリジナル作品。
（商業誌未発表のオリジナル作品であれば、同人誌・サイト発表作も受付可）

募集要項

<応募資格>

年齢・性別・プロ・アマ問いません。

<原稿枚数>

４５文字×１７行（１枚）の縦書き原稿、２００枚以上２４０枚以内。
※印刷形式は自由。ただしＡ４用紙を使用のこと。
※手書き、感熱紙不可。
※原稿には必ずノンブル（通し番号）を入れてください。

<応募上の注意>

◆原稿の１枚目には、作品のタイトル、ペンネーム、住所、氏名、年齢、電話番号、メールアドレス、投稿（掲載）歴を添付してください。
◆２枚目には、作品のあらすじ（４００字～８００字程度）を添付してください。
◆未完の作品（続きものなど）、他誌との二重投稿作品は受付不可です。
◆原稿は返却いたしませんので、必要な方はコピー等の控えをお取りください。
◆１作品につき、ひとつの封筒でご応募ください。

<採用のお知らせ>

◆採用の場合のみ、原稿到着後６カ月以内に編集部よりご連絡いたします。
◆優れた作品は、リンクスロマンスより発行させていただきます。
原稿料は、当社既定の印税でのお支払いになります。
◆選考に関するお電話やメールでのお問い合わせはご遠慮ください。

宛先

〒151-0051
東京都渋谷区千駄ヶ谷４−９−７
株式会社　幻冬舎コミックス
「リンクスロマンス　小説原稿募集」係

この本を読んでの
ご意見・ご感想を
お寄せ下さい。

〒151-0051
東京都渋谷区千駄ヶ谷4-9-7
(株)幻冬舎コミックス　リンクス編集部
「藤崎 都先生」係／「円之屋穂積先生」係

リンクス ロマンス

セレブ結婚はシナリオ通りに進まない

2021年6月30日　第1刷発行

著者……………藤崎 都
発行人…………石原正康
発行元…………株式会社　幻冬舎コミックス
〒151-0051　東京都渋谷区千駄ヶ谷4-9-7
TEL 03-5411-6431（編集）
発売元…………株式会社　幻冬舎
〒151-0051　東京都渋谷区千駄ヶ谷4-9-7
TEL 03-5411-6222（営業）
振替00120-8-767643
印刷・製本所…株式会社　光邦
検印廃止

ISBN978-4-344-84877-1 C0293
Printed in Japan

幻冬舎コミックスホームページ　https://www.gentosha-comics.net